後宮の宵に月華は輝く

琥珀国墨夜伝

紙屋ねこ

角川文庫
23860

目次

登場人物紹介

藍《らん》夏《か》月《げつ》

16歳。代書屋『灰塵庵』を営む名家の娘。幽鬼への関心が高く、彼らの代書も引き受ける。故あって後宮で女官勤めを始める。

洪《こう》緑《りょく》水《すい》

27歳。秘書省写本府長官。女官として働く夏月の上司。穏やかな笑みを浮かべる美青年だが、したたかさもある。

イラスト／七原しえ

泰《たい》山《ざん》府《ふ》君《くん》
冥府の王。傲岸不遜な性格。死後裁判を行う神で、禄命簿という人の運命が記された帳面を持つ。
可《か》不《ふ》可《か》
20歳前後。夏月の従者で藍家の使用人。西域の血が混じっている。

序章

「女は書の読み書きなんてしなくていい。幽鬼と関わるのもやめなさい」

夏月《かげつ》が筆を手にするたびに、何度そう言われただろう。

「この子は早く嫁に出しましょうよ。そうすれば、書とも幽鬼とも手が切れますよ」

父親の後妻はことあるごとにそう言い、夏月を家から追いだそうとした。

(わたしの居場所はどこにもない。自分が自分らしく生きる場所がない。書をなす技もわたしの生き方も誰も認めてはくれない)

離れに引きこもり、話し相手はといえば夜中に訪れる幽鬼だけ。

幽鬼──死んだ人を相手に書いて書いて書いて……──。うまく伝えられない感情を、書くことで自分の内側から吐きだそうとしているかのようだった。

言ってしまえば、名家一族のなかで、夏月は歪《いびつ》な存在だった。幼いころに書の魅力にとりつかれ、ただ書の技を磨いてきただけでも変わり者扱いされるのに、幽鬼から頼まれた手紙の代書ばかりを引き受けて、生きた人間と関わろうとしない。

それでもなお、どんなに否定されても、ほかの生き方はできなかった。何度見合いして婚約破棄されても、女に生きる手立てなどいらないと言われても、夏月は文字を書きつづけた。琥珀国《こはくこく》ではそんな生き方は難しいとわかっていても、すべてをあきらめて結婚するなんて嫌だ。自分の技をあきらめたくないと思っていたのに……。

――ある日突然、すべてが終わってしまった。

「ここが……冥府《めいふ》ですって？」

どこまでも冷たくおぞましく、死者の泣き声が暗い世界に響きわたる。

極光を背にして座る冥府の神が告げた。

「藍《らん》夏月、おまえはこの泰山府君《たいざんふくん》の頭を踏んだ罰として冥府に落ちた。現世の罪の申し開きをするがよい」

「わたしが……死んだ？」

ただただ、茫然《ぼうぜん》とするしかない。

――享年十六。あまりにも早すぎる死だった。

これですべてが終わったと、夏月は冥府の法廷にくずおれた。

しかし実際には、この美しくも傲慢《ごうまん》な神と出会ったことで、夏月の運命は大きく動きはじめたのだった。

第一章 万事、代書うけたまわります

〈一〉


運京《うんけい》という城市は、毀誉褒貶《きよほうへん》あい半ばする町だと夏月《かげつ》は思う。

ここ――琥珀国《こはくこく》の王都であり、王城を中心に抱く大都会であり、建国してまだ百二十年ほどしか経っていない国そのものより長くつづいている古鎮でもあった。

城壁に囲まれた町は、近隣の国から人と荷が集まり、田舎城市を三つも四つも合わせたより大きい。目抜き通りには楼閣を持つ大店《おおだな》がいくつも建ちならび、毎日、正月節を迎えているようなにぎやかさだ。運京に来た人は誰もが華やかな王都に目を瞠《みは》り、商人たちの活気に驚く。一方で、この町はそのにぎやかさとは違う顔を見せるときがある。

夏月が馴染《なじ》みの酒楼で頼まれた仕事をしているときもそうだった。

「お嬢、まずいですって……旦那《だんな》様に知られたら怒られますよ！」

従者の青年・可不可《かふか》の焦る声をよそに、夏月は梯子《はしご》をするすると上っていった。

大きな筆を手にしていると、少女らしい線の細さが余計に目立ってしまう。長い黒髪に簪《かんざし》を挿し、華美になりすぎない襦裙《じゅくん》にきちんと上着を羽織った姿は、控えめに言っても、職人には見えない。

鮮やかな朱金の裙子は美しく、遠くからでも目につくのだろう。作業をしやすいように紐《ひも》で留めていてもなお、梯子の段を上るたびに花柄の大きな袖《そで》が揺れ、良家の子女といった出《い》で立ちを印象づけていた。

残念ながら本当の良家の子女は、筆を手に梯子を上ったりしない。しかし、仕事に夢中になった夏月は、ときには外聞をはばかりもせず振る舞うところがあった。

「海上生明月、天涯共此時……」

五言律詩を声に出して読みあげながら、壁一面を使って墨書していく。

酒楼の入口を入ってすぐの人通りが多い玄関だから、通る人はいったいなんの余興かと興味深そうに、夏月が土壁に大きな筆をふるうのを見上げていた。

「均扇楼《きんせんろう》はまだ羽振りがよくていいなぁ……ほら、下町のほうでは酒楼が何軒も潰《つぶ》れたそうだ……店員が何人も亡くなったって」

「昨年の夏は本当に最悪だったからな……」

酒楼に昼食をとりに来た人のなかには、最近の琥珀国への不満を零《こぼ》す人も多い。その噂話は、ざわめきにまじって夏月の耳にも届いていた。

——運京が違う顔を見せるのは、こういう瞬間だ。

（昨年の夏か……）

　夏月としても、客たちの噂話にうなずきたくなる記憶があったが、仕事の最中に手を止めるわけにはいかない。可不可が掲げてくれる墨の入った壺《つぼ》に筆をいれ、梯子の上で重心を置きかえたそのときだ。

「夏月、おまえは……いったいなにをしてるんだ！」

　父親の怒声が響き、夏月は反射的に身をすくませた。白髪まじりの髪を結いあげ、髭《ひげ》を蓄えた壮年の男だ。がっしりとした体に上級官吏の袍《ほう》をまとっているところを見ると、仕事で偶然、店を訪れたのだろう。

「お父様、なんでここに……──あっ」

　不安定な梯子の上でふりむいたとたん、ぐらりと梯子の先が壁から離れた。

「お嬢！」

　可不可は慌てて梯子に手を伸ばし、店先で見ていた客の「危ないっ」という警告と悲鳴が響きわたる。

　──しまったと夏月が失敗を悔いるのと、梯子から落ちるのと、どちらが先だったのだろう。三和土《たたき》に打ちつけられる衝撃を覚悟していたのに、ふわりといい香りがして、次の瞬間、見知らぬ人に体を抱きかかえられていた。

「この酒楼は、玄関をくぐれば人が降ってくる趣向なのか」

　皮肉めいた口ぶりだが、表情からすると面白がっているようだ。興味深そうに腕のなかの夏月を見下ろして、軽々と床の上に下ろす。まるで重さを感じていない様子だ。

「あ、ありがとうございます……」

落ちた衝撃と助かったことが信じられないのとで、まだ鼓動がうるさいくらいに速い。しかし、夏月が言葉を失ったのは衝撃のせいばかりではなかった。

助けてくれた人は類《たぐ》い稀《まれ》な美貌《びぼう》の青年だったのだ。

簪を挿した長い黒髪に、服装は霜衣——白い大袖の着流し姿で、町中の酒楼にいるには浮いていた。どこかの貴公子か大府《たいふ》がお忍びでやってきたような雅《みやび》な佇まいだ。異性にことさら興味がない夏月ですら、思わず、その顔に見入ってしまう。

「くく……梯子から降ってくる娘というのも面白い。料理の余興としては困るが」

（ひとが手に手を重ねて礼を尽くしてるのに、この言い様はどうだろう……）

押し殺そうとしてもこらえきれないといった様子の笑い声を聞き、夏月は一瞬にして正気に返った。さらには見知らぬ貴人の肩の向こうから、怒れる形相の父親が近づいてきたものだから、仄《ほの》かな感情などあっというまに霧散してしまった。

「本当におまえは……おまえは……どうしてそう……」

心配を通りこして怒りに変わったのだろう。父親の藍思影《しえい》は言葉が出てこないようだ。夏月の肩を摑《つか》むなり、ぶるぶると震えている。

「婚約者との会食に行かなかったそうだな！　朱銅印《しゅどういん》はおまえと婚約破棄すると言っているし……どうしておまえは普通の娘と違う振る舞いばかり……あげく、曲芸まがいの見世物をするとは。藍家の娘ともあろう者が……結婚相手がいなくなるぞ！」

頭を抱える藍思影は、自分の怒りでいまにも倒れてしまいそうだ。

「申し訳ありません、お父様……でも、会食はお断りしましたし、夏月は結婚なんてしないと何度言ったらわかってくださるのです？」

夏月はしおらしい態度で頭を下げつつも、助けを求めて可不可に目をやる。

「旦那様、申し訳ありません。私では夏月お嬢を止めることができなくて……ええ、もちろん引き留めはしたんですけど」

四面楚歌《しめんそか》だった。夏月の周りはいつもそうだ。

文字を書くくらいしか能がない夏月としては、自分の技を必要とされるのはうれしい。頼まれたからには、仕事はきちんとやり遂げたいと思っている。なのになぜか、仕事をきちんとやろうと思えば思うほど父親は怒り、周囲の目は冷ややかになる。

（わたしは、いつもいつも、ただまっすぐに仕事と向き合っているだけなのに……）

どうしてこうなってしまうのだろうと、父親を前にして頭を抱えてしまう。

「ともかく、家に帰るぞ。おまえへの説教は帰ってからだ」

「でも、まだ仕事が途中で……」

「見世物は終わりだと言ってるんだ」

父親から強く言われ、渋々片付けをはじめた夏月の姿を見て、余興は終わったと思ったのだろう。見物客たちはまた元の話題へと戻っていく。

「琥珀国の国王にはやはり天意がないのではないか……」

「干ばつは天原国を滅ぼした呪いではないのか……」

夏月はただ、その言葉に耳をすましていた。

王朝そのものより歴史が長い城市の人々は、よそ者には王都住まいを自慢する一方で、冷ややかな目で王朝の栄枯盛衰を眺めている。干ばつがつづき、飢えと暑さで死亡する者が増えれば、目立たない場所で誰かが悪い噂を囁《ささや》く——それが運京という城市だった。

目立たない二階の奥で、さきほどの霜衣の青年も料理に箸《はし》をつけながら噂に耳を傾けている。それがまさか、人界に食事に出てきた神の姿であろうとは、酒楼にいる客や店員はおろか、夏月だって知る由はない。

しかし、群衆にまじって、神や仙人、はては幽鬼さえ町中を歩いていても不思議はないのが、この古い城市の知られざるもうひとつの顔なのだった。

† † †

(結婚したくないなら、代書屋で食べていくしかない……)

そう思っているのに、現実はなかなかうまくいかない。

父親から二刻は説教をされ、ようやく解放されたのは夕刻になってからだった。

「今日の説教もことさら長かった……」

梯子《はしご》から落ちたところに父親が居合わせたのは最悪だったが、婚約者との会食を断ったあとなのも間が悪かった。藍思影が夏月に書をやめて幽鬼と関わるなと言うのは、世間体もあるが、基本的には夏月を心配してのことだ。父親が夏月に普通の結婚をしてほしいと願っているのは、夏月もよくわかっていた。

ため息を吐いて可不可と帰る道すがら、大きな商家が集まる目抜き通りに出ると、みな門前に、二階の露台に、朱《あか》い燈籠《とうろう》を吊《つる》し、客の目を引いている。日暮れが近づき、行燈《あんどん》の明かりがともっていく街は、まるで一面に鬼灯《ほおずき》の実がなったかのようだ。

広場に立つ見張り台の前には竿燈《かんとう》が立ち、家に帰る人々を仄かに照らしていた。

「ほら、『灰塵庵《かいじんあん》』が見えてきましたよ」

可不可の言葉に顔を上げれば、真っ暗な山裾《やますそ》に燈籠の明かりが目に入った。

階段を上っていく先には、現在、夏月が暮らす藍家の別宅がある。

――『万事、代書うけたまわります』

木板の看板には、力強くも個性的な手蹟《しゅせき》でそう書かれ、ときおり吹く風にゆらゆらと揺れていた。看板とともに鬼灯の朱い実がふたつほど枝ごと飾られている。

名前に鬼を持つその実は、幽鬼を呼びよせる目印だという謂《い》われがあった。

城市のなかにありながら、小高い山の陰は行きかう人もない。分祀《ぶんし》された泰廟《たいびょう》をいただく山だからだろう。無数の墓が並び、陰の気が満ちた山裾には鬼市――死者が集まる市が立つとの噂があった。

最近、父親が嫡母に迎えた後妻が夏月のことを気味悪がるため、本家から移り住んだ別宅だが、初めて見たときから、いかにも幽鬼が出そうな場所だと夏月は気に入っていた。しかも、代書屋の看板を出して遅くまで店を開いていても、誰にも迷惑をかけない。おかげで、夏月は用がなければ本家に寄りつかなくなっていた。

『灰塵庵』とたいそうな名前の扁額《へんがく》が掲げられているわりに、寂れた代書屋だ。

店主の名前は、藍夏月。今年、十六才になる藍家の令嬢である。別宅の管理をする老夫婦の使用人はいるが、夏月付きの管家——いわゆる上級使用人は可不可という青年だけだ。黒髪にやや青みがかった瞳《ひとみ》は、琥珀国にも一定数いる西域系の特徴で、本人もそれを隠さずに動きやすい胡服《こふく》を着ていた。

ふらりと通りかかる近所の人もいない街外れで、商売が成りたつのかと首をかしげたくなる風情の店だが、どこかで人伝《ひとづて》に聞いてくるのだろう。ぽつりぽつりと深夜に訳ありの客が訪ねてくる。

——この夜もそうだった。

「……あ」

深夜、風の音にまじって甲高い音がした気がして、夏月は耳をすました。

死者が客として訪れてくるときには、『鬼嘯《きしょう》』という奇妙な音がする。鹿の鳴き声のような、殺された誰かの断末魔の叫び声のような。それは不吉を告げる予兆であり、夏月が待ちわびている音でもあった。

夏月が筆を手にしたまま、作業に没頭していると、可不可が心配そうな声をあげた。

「お嬢、今日は本家に行って疲れたでしょう。もう店仕舞いして早く休んだほうがよくありませんか？」

そう言う可不可のほうが眠そうな顔をしていて、夏月は小さく笑った。

確かに父親の説教は長かったし、後妻の顔を見て疲れたが、帰ってきたとたん、書き物がしたくて夏月は目が覚めてしまった。

「お姉様に頼まれた『幽樂過眼記』を写してしまいたくて……可不可は先に休みなさい」

「じゃあ、お言葉に甘えて先に寝ますね。お嬢もほどほどになさってください」

そう言って、可不可は店を出ていった。空は暗く、月が見えない夜だった。燈籠の明かりだけが頼りなく揺れ、怪しいなにかが徘徊《はいかい》しそうな不気味さが漂う。

しかし、『灰塵庵』はもともと店を開ける時間がまちまちで、深夜に客が来ることも稀だ。可不可がいないのを心細いとも思わないまま、書きおえた紙を棚に移し、次の紙を文鎮で押さえた――そのときだ。

「夜分遅くにすみません。代書をお願いしたいのですが……」

女の声がした。扉の外に声をかけると、すっと灰色の外套《がいとう》を纏《まと》った客が入ってくる。

「先生、私……騙《だま》されていたんです」

手紙の代書をお願いしたいと言う客は、対面机ごしに震える声を吐きだした。

市井には文字が書ける者は少ない。字を書いたり読んだりしたいときには、みな代書屋に頼みにくるせいだろう。代書屋は先生と呼ばれることが多かった。

「そうですか……それは大変でしたね」

夏月は、どちらかというと淡々とした相槌《あいづち》を打った。

「騙されて道に迷って帰れなくなって……真っ暗いなかを彷徨《さまよ》っていたら、朱色の明かりが見えたんです……それで、先生にお願いすれば間違いがないという噂を思いだして、そうだ、手紙を書いてもらおうと思ったんです……」

ぽつぽつと話す声には陰がある。うつむきがちな女の顔は暗く、よく見えなかった。燈籠の明かりで部屋が薄暗いせいだけではない。背負った荷物は重くないのだろうか。外套を脱いだあとも荷を下ろさない姿に違和感が漂う。

（この客はおそらく……）

そう思いながらも口にしないだけの賢明さはあった。

『灰塵庵』を訪れる幽鬼は生きている人と寸分変わらない姿をしているが、幽鬼は幽鬼だ。生きている人間とはなにかが違う。ぴり、とうなじがひりつくのを感じた夏月は、文机《ふづくえ》の抽斗《ひきだし》をわずかに開けて、話をつづけた。

「まず、相手の方のお名前と住所からおうかがいしましょうか」

夏月が事務的に作業を進めると、女はぼそぼそと低い声で返事をする。その言葉を竹簡に書きつけた。最終的には紙に墨で清書するのだが、すぐに消してしまうような覚え書きは、裏山からいくらでもとれる竹簡に走り書きすることにしていた。

「宛先《あてさき》は莫容雲《ばくようう ん》様……場所は楽鳴《らくめい》省護鼓《ごこ》村ですか。通ったことがありますよ。小さいですが、音楽を嗜《たしな》む者が多い村で、琴の名手――孫登《そんとう》の祠《ほこら》があったのを覚えてます。運京へは出稼ぎでいらしたんですか？」

「え、ええ、そうです。故郷では食べていけなくて……みんな芸を仕込まれたあとは村を出されるんです……」

なるほど、と夏月は村を通りがかったときに流れてきた見事な琴の連弾を思いだした。運京では食事のときのおもてなしとして、楽奏を披露する店が流行《はや》っている。腕に覚えがある者なら、田舎と違い、いくらでも仕事があるのだろう。

（故郷をひとりで離れることになるけれど……）

「……いますぐに来てほしいと。いつものところで待っているからと、そう書いてほしいのです」

問いを重ね、やりとりを竹簡に書きつけながら、女の身なりを確認すれば、襦裙《じゅくん》の上に綿入れの長衣を纏《まと》っている。琵琶《びわ》の図柄の、美しい刺繡《ししゅう》が刺してあるところを見ると、暮らしぶりは悪くないようだ。薄闇のなかで、ほんの一瞬、香が漂った。

「お客様、とてもいい香を焚《た》きしめておいでですね」

夏月は世間話をするように声をかけた。

（衣服に香を焚きしめるなんて雅《みやび》なことができる人間はかぎられている。貴族か、特別に絹の服を許可された身分か……それにこの香りはどこかで……）

この香をどこで聞いたことがあるかを思いだして、夏月は思わず呟《つぶや》いた。

「上等な絹織物。雅な香り……その香は市井で簡単に手に入るものじゃないでしょう？　紫賢妃《しけんひ》からの贈り物ではありませんか？」

夏月の姉、藍秀曲《しゅうきょく》は後宮入りして、いまは紫賢妃と呼ばれる身分だ。もともと衣服の趣味にうるさい人で、自分で調合した香りを纏っている。気に入った相手に贈ることはあっても、それは後宮のなかだけのはずだ。身分によって使える香が決まっているから、誰にでも与えられる香りではない。そこまで考えて、やはり、この幽鬼はおかしいと夏月の頭のなかで警鐘が鳴った。

「あの、お客様……背負っている子は下ろしてあげたらいかがでしょう？」

控えめに、しかしはっきりと夏月が口にした瞬間、それがきっかけとなったのだろう。

女の気配が一変した。殺気がみなぎり、空気がぴん、と張りつめる。

生者と見まがうくらい存在感があっても、幽鬼のなかには、自分の執着しかない。執着があるために代書屋を通じてまで手紙を出したいと思う一方で、その執着に他人が触れたとたん、奪われると思うのだろう。ときには襲ってくることがあった。

「ねぇ、先生。手紙はもう一通、お願いしたいのです……宣紙で……宛先は……黒曜禁《こくようきん》城《じょう》の……あの方に……」

女の声は鈴を鳴らすように軽やかでいて、いまにも歪な音に変わりそうな緊張感を孕《はら》んでいた。座ったままの夏月が後ずさりすると、女の声の調子がまた一段と乱れる。

「だって……ここは暗くて冷たくて……早く外に出してと……──ああ、どうして？　震えが止まらないっ……」

女は癇《かん》に障ったように悲鳴じみた声をあげた。陰に隠れていても隠しきれなかった美しい容貌《ようぼう》は、口が裂け、皮膚は腐り爛《ただ》れる。はっきりと危険な兆候だとわかっていたのに、それでも夏月は問いかけずにはいられなかった。

「あなたは……誰かに殺されたの？　その人に恨みを晴らしたいの？」

その問いがまた女の執着に触れたのだろう。形相が豹変した客は、まるで獣が憑《つ》いたように対面机を飛びこえてきた。

「早く運京に来てって言ったじゃない……今度は私の番だったでしょう？　それなのにどうして……どうして、私のしあわせを邪魔するの？　許せない許せない！　ああ、あなた……どこ？　私と一緒になってくれると言ったのは嘘だったの？　どうして……」

とっさに開いておいた文机の抽斗から黄紙に朱書きした霊符を手にとった。『厭悪鬼符』の文字と記号が書かれた霊符は、幽鬼に襲われたときのためにしのばせてあったものだ。泰廟《たいびょう》で焚きあげしてあり、幽鬼を退ける力があった。

襲ってくる女を間一髪でかわす。霊符が幽鬼の額に触れると、

「うううぅぁぁぁぁ……っ」

女は苦悶《くもん》の声をあげ、やはり獣のような素早さで狭い店を出ていった。

戻ってきても入れないように、急いで扉にも霊符を貼りつけると、緊張の糸がゆるんだ。夏月はどっと板敷きの上に倒れこんだのだった。

† † †

「お嬢、起きてますか？　朝餉《あさげ》の支度をはじめていいですかね？」

従者の声がして、夏月ははっと目を覚ました。どうやら店で寝落ちしたらしいと気づいて、大きく伸びをする。寝ながら客を待てるようにしてあったのがさいわいしたのだろう。布団の上に倒れていた。

どうにか体を起こして、客と自分を隔てていた対面机を見れば、銭受け皿の上には、紙のお金が数枚あった。いつのまにか昨夜の客が律儀に置いていったようだ。紙で作られたお金といっても、兌換《だかん》紙幣ではない。冥銭《めいせん》と言って、冥界で死者が使えるように焚きあげをして贈るものだった。

「お嬢、店で寝落ちしたんでしょう？　入りますよ」

声をかけただけで、返事を待たずに若い娘がいる部屋に入ってくるのはいかがなものだろうか。奥の扉が思いきりよく開き、長い黒髪を後ろで束ねた可不可が入ってくる。

彼は、机の上に置かれた書きかけの手紙と、銭受け皿にひらひらと揺れる冥銭を見ただけで、すべてを察したらしい。思いっきり顔をしかめた。

「また幽鬼、ですか……」

　小言を言う気配に、夏月は身構えた。可不可の考えはお金ありきだ。夏月が書に没頭しようが幽鬼の代書を引き受けようが、それ自体はあまり問題視していないが、なにせ幽鬼の客はお金にならない。『また幽鬼ですか』というのはつまり、また金にならない仕事をしたのかという意味だった。

　夏月を嫌がる藍家の使用人のなかで、一緒に『灰塵庵』に来てくれたのは可不可だけで、それはいまも感謝している。しかし、彼の物言いは、主《あるじ》に対してあまりにも遠慮がなさすぎではないだろうか。そこが気に入っている所以《ゆえん》でもあり、もう慣れているのだが、店で寝落ちして体が痛い夏月は、すんなり聞き流す気分ではなかった。

「また、というのが、また幽鬼の客が来たのかという意味なら、確かにそうです。もと、『灰塵庵』は幽鬼の代書をしていたのですし、生きている客はついでにお引き受けしているだけなのですから……そもそも、可不可。代書というのは頼まれたら断ってはいけないものなのですよ。特に手紙の代書は」

　代書屋の心得を何度、説明したらわかるのだろう。代書はただの商売というより、字の読み書きができる者の責務なのだと夏月としては思っている。

「はいはい。お嬢が結婚なんてしたくないと言うから、帳簿の収支を気にかけているだけで……いいんですよ。お嬢が旦那《だんな》様の言うとおり、早く結婚なさるおつもりなら、代書屋の収支なんてどうでも」

「うっ、それは……」

痛いところをつかれて夏月は言葉に詰まった。店の収支を持ちだされると、どうも夏月には分が悪い。ごまかすように視線をそらした先には、まだ昨夜の名残で、走り書きした竹簡と書きかけの手紙があった。竹簡を手にとって読みあげる。

「宛先のひとつは楽鳴省の護鼓村か……さて、どうしましょうか」

そういえば、幽鬼の名前を聞きそこなったことに、いまさら気づいた。手紙に書いてほしい内容も曖昧《あいまい》だ。話が核心に近づく前に幽鬼が正気を失ってしまったのだ。

「早く運京に来て……か」

郷里に恋人でもいて、迎えに来てくれるのを待っていたのだろうか。恨みを持って死んだ者は幽鬼になって現世を彷徨《さまよ》いやすい。なにか叶《かな》わぬ想いがあり、その相手に強い未練を残している。

（言葉に表した以上に……）

そうでなければ、世の理《ことわり》を超えて、冥界から現世にまで彷徨ってはこないはずだ。

手紙の相手は家族だと言っていたが、本当のことを代書屋に話したがらない客もいるから、当てにはならないだろう。素直に心の裡《うち》をうちあけるのは、人が思う以上に難しいことなのだと、生きた客を相手に代書屋をしていても痛感する毎日だ。

夏月がぶつぶつ言いながら、手紙の文面を考えている間も、可不可は細々とした仕事をしていたらしい。表から『万事、代書うけたまわります』の看板をしまって、店内に戻ってきた。その手には、看板と一緒に飾っていた鬼灯《ほおずき》の一枝があった。

幽鬼を呼ぶと言われている鬼灯だが、朝の光のなかで見ると、ひときわ鮮やかな朱色をしている。まるで昨夜の幽鬼の願いを聞いてやってくれと言わんばかりだ。

「……とりあえず、宛名《あてな》のわかっているほうの手紙は出しておきましょう。もう一通の手紙も出してやりたいけれど……」

宛先不明の手紙はどうしようもないと、夏月はため息をついた。書きあげた手紙を折りたたみ、宛名を書いた封紙《ふうじがみ》で包む。その仕種《しぐさ》を見た可不可は、呆《あき》れた顔をしている。

「幽鬼の手紙を出してやるんですか？　冥銭は実際には使えないし、やめましょう。受取人も亡くなっているかもしれませんよ」

「可不可、おまえはわかってませんね。男のほうも亡くなっていたら、冥界で会えるんだから、手紙を書く必要はないではありませんか」

「あ……なるほど、言われてみれば確かに」

言い負かされたことを恨みに思うでもなく、可不可は妙に納得している。

夏月としても自分の言葉が妙に腑《ふ》に落ちた。生死が分かれたからこそ、あの幽鬼は手紙を出してもらうことでしか、相手に想いを伝えられないのだろう。

――この手紙にこめられた……最後の想いを届けてやりたい。

死して冥界へ落ちてもなお、忘れられなかった想いを伝えてやりたい。それは夏月の心に芽生えた憐憫《れんびん》の情であり、責任感でもあった。

簡単な数字の読み書きはできても、手紙のように長い文章となると、また別だという人は多いから、代書屋という商売が成りたつ。しかし、その代書屋でさえ一方通行の想いしか伝えることはできない。死者からの手紙を受けとった相手が、その内容をどう受けとめ、どんな思いを抱くのか知る術《すべ》はない。

それでも、伝えたい人の想いを届けるために、代書を引き受ける。

それが代書屋『灰塵庵』のささやかな矜恃《きょうじ》なのだった。

（わたしは字を書くことしかできないから……せめて手紙を届けるだけでも……）

夏月は宛先のわからないもう一通の手紙を眺めて、幽鬼の言葉をくりかえした。

「宣紙で、宛先は……黒曜禁城の……あの方に……」

後宮という言葉に反応したからには、『黒曜禁城のあの方』というのは身分の高い方なのかもしれない。そこまで考えて、夏月は渇いたのどにごくりと唾液《だえき》を嚥下《えんか》した。

宣紙というのは高級な紙で、一般庶民は高くて手が出ないだけではなく、使うことができない。夏月の店でも滅多に宣紙を使うことはないから、在庫がなかった。

（お父様から怒られたばかりだけど、本家の店に行って紙を調達してこないと……）

夏月のそんな思考は、すでに見透かされていたのだろう。

「頼みの秀曲お嬢様は後宮、店の収支は悪いとなれば……奥様がお嬢をすぐに嫁に出しましょうと言えば、旦那様は断れないでしょうねぇ……」

追い打ちをかけるように、可不可から釘《くぎ》を刺される。

「それは……困る……」

「でしたらもう少し、書物を購入する額を抑え、実入りを増やしていただかないと！　いいですね」

「……は、はい」

小言が耳に痛い。夏月のほうが主人のはずなのに、金銭にまつわることに関しては可不可に頭が上がらない。その可不可は父親の藍思影には逆らえない。本家から独り立ちできる日は来るのだろうかと、夏月は頭を抱えた。

「そういえば、お嬢。今日は紫賢妃に呼ばれているんでしょう？　表には休業中の札を出しておきますね」

「ええ、お願い。この本も今日お届けできそうでよかった」

昨夜遅くまで書いていた紙を揃え、針と糸を使い、慣れた手つきで綴《と》じていく。

夏月を気にかけてくれていた姉は後宮入りしてしまい、いまは気軽に会うことはできない。だから、姉から呼ばれて訪問できる日を、夏月は楽しみにしていた。

店仕舞いをしているうちに、朝餉の支度がととのっていたのだろう。

「夏月お嬢様、可不可さん。朝餉ですよ。店は閉めて、こちらにいらしてください」

老爺《ろうや》の声が窓の向こうから聞こえた。この庵《いおり》を管理する老夫婦が食事の支度をしてくれているのだった。

「はーい、いま行きます」

夏月は大きな声で答えて、文机《ふづくえ》の上に『万事、代書うけたまわります』の看板と鬼灯の一枝を置いた。店を出て奥の建物まで、壁沿いの外廊を歩くうちに炊きたてのおかゆのいい香りが漂ってくる。

「深夜の幽鬼を相手にしてばかりでは、代書屋はまた赤字ですよ。それに、後宮に行く用事があるのに幽鬼が来るなんて不吉な……」

まだぶつぶつ言う可不可の言葉を、夏月は聞こえないふりをした。

「可不可、後宮へ行く前に泰廟《たいびょう》に厄落としに行きますよ」

夏月はそう言って朝食を食べてすぐ、出かけることにした。

代書屋『灰塵庵』からすぐ近くに、泰山府君を祀《まつ》る泰廟がある。蒼天《そうてん》に朱塗りの柱がよく映えるせいだろう。晴れた日は特にお参りする人が多い。廟のなかは煙をくゆらせる長い線香が何本も立っており、座布団に膝《ひざ》をついて熱心に祈る人の姿も見えた。夏月も線香をあげようと、建物のなかに入ろうとしたときだ。入口の高い門檻《もんかん》――敷居を跨《また》ごうとして、すれ違いざまに誰かとぶつかった。

長い黒髪と白い衣に見覚えがある気がして、先日の酒楼で、梯子《はしご》から落ちたことを思いだしたのがよくなかったのだろう。「あっ……」と短い声をあげて、夏月は門檻につまずいてしまった。

「お嬢!?」

可不可の驚いた声と、朱色の門檻が眼前に迫ったのと——視界の隅で青空にたなびく五色の吹き流しがぐるりとさかしまになる。

（どうして、今日にかぎって……）

そんなどうでもいい考えが頭をよぎる。琥珀国の門や建物の入口には大きな横木があり、門檻などという。それは敷地の境界を示す閾《しきい》であるとともに、魔を退ける意味がある。一種の魔除《まよ》けであるがゆえに、触れることは禁忌だった。門檻は踏みつけるのではなく跨いで通るものとして、夏月もいつもはほとんど無意識に足を上げている。

（何度も何度もお参りしたはずの泰廟で、門檻に足をかけて転ぶなんて……）

——いったい今日はなんの厄日だというのだろう。

がっ、という不吉な音を聞いたのを最後に、夏月の意識は途切れたのだった。

†　†　†

——『夏月お嬢様はまた婚約破棄されたんですって……』

——『そりゃあそうでしょう。女のくせに文字を書いてばかりいる変わり者ですもの』

——『おまけに幽鬼と話すなんて、不吉だわ……近寄りたくもない』

気がつけば、夏月は使用人たちからさんざんなことを言われていた。

どうしてなのだろう。夏月がやりたいことをやりたいようにしているだけで、白い目で見られてしまうのは。

（ただ亡くなった人の、最後の想いを伝えたいだけなのに……）

幽鬼の手紙を届けてやりたいというのは、そんなにいけないことだろうか。それとも、女の代書屋が気に食わないのだろうか。鬼灯を掲げて深夜遅くまで店を開いているだけのことが、なぜそんなに非難されるのだろう。夏月にはわからなかった。

誰もが目を背ける幽鬼は、まるで夏月自身のようだ。言いたいことがあっても話を聞いてくれる人はいない。

――『先生、私……騙《だま》されていたんです』

――『ここは暗くて冷たくて……』

幽鬼の客の声が脳裡によみがえり、夏月はぶるりと身を震わせた。

「――わたしが……手紙を届けてあげないと……」

のどから絞りでた声で、はっと我に返った。腕をさすりながら顔を上げると、低く高く、まるで鬼の哭《な》き声のような呻《うめ》き声が耳につく。地の底から這《は》いあがってくる声は不気味でいて、どこかもの哀しい。あれは死者の声だと夏月の勘は告げていた。

「ここは……どこ……？」

あたりにはただ漆黒の闇が広がっていた。空には星も月もなく、地面も昏《くら》い。さっきまで陽光の下にいて、泰廟の赤や金に彩られた建物を見ていたはずなのに、どこにも見当たらない。自分の視界が色を失ったのかと思うほど、唐突に色彩のない世界にいた。

（いったい、なにが起きたのだろう？　どうやって？）

疑問は次から次へと湧いてきたが、夏月は立ちあがって歩きだすことにした。

わきおこる震えが、ひとつところに留《とど》まらないほうがいいと本能に訴えかけている。

こういう勘には逆らわないほうがいい。岩だらけの坂を上り、次第に目が闇に慣れてくると、視界の隅にあった塊がときおり蠢《うごめ》いていることに気づいた。

「うう……うぅう……苦しい……」

鬼哭啾々《きこくしゅうしゅう》というのだろうか。嘆きとも苦悶《くもん》ともつかない声は、その塊から漏れている。

「そこの方……どうかなさいましたか？　ひっ……！」

声をかけて、夏月はすぐに後悔した。そこで蠢いていたのは確かに人間だった。髪があり、目があり、耳があり――少なくとも人間の形に見える。しかし、その体は大きな杭《くい》につらぬかれ、目や口から血が滴り落ちている。まるで刑に処された罪人のようだ。

「なんで俺がこんな目に……」

「痛い痛い痛い痛い痛い――辛《つら》い助けて……助けてくれないなら……恨んでやる」

よくよく闇に慣れた目でぐるりと周囲を見わたせば、あちこちに蠢くなにかがある。

しかし、そのどれもが杭で穿《うが》たれたり、あるいは鎖に繋《つな》がれて大きな岩を動かしたりして、苦しげな声を漏らしている。さきほどから響いてくる不気味な声は、苦痛の労役についている彼らの叫びであり、嘆きであり、苦しみなのだった。

「ど、どういうこと……？　ここはもしかして刑場なの？」

琥珀国にも定められた律令はあり、規律に従わない者は罪に問われる。棒打ちをはじめとして、腕や性器を落とされたり、八つ裂きに磔《はりつけ》の刑もあったはずだ。普段、夏月が目にすることはないが、運京にもそういった刑場があるのは知っていた。

それは城市をとり囲む、高い城壁の外にある。罪人は刑に処されたあと、飢えた動物に食われてもやむなしというのが、この国のあり方だった。

（まさか……女が代書屋をしているのはいけないと新たな律令ができた……とか？）

申し開きもなく刑に処するのだろうか、という疑問は頭の片隅に残っていたものの、響きわたる苦悶の声を聞くと、圧倒的な現実を前に疑問のほうが霧散してしまう。

「嫌だ。まだ死にたくない……」

震えながら思わず呟《つぶや》いたときだ。虚空の空に、ちらりちらりと光が蠢いた。

「あれは……極光？」

闇のなかに蠢く光の幕の話を、夏月は書物で読んで知っていた。

輝く青白い幕は、まるで天仙の衣のようだ。誘うように揺らめいては形を変え、瞬きをしているうちに見えなくなる。その美しい光を追いかけているうちに、唐突に巨大な楼閣を持つ門が現れた。鋲《びょう》を打たれた、まるで城門のごとき立派な朱門だ。

「そこの娘、疾《と》く入るがいい」

唐突に、命令じみた声をかけられた。いつのまに後ろにいたのだろう。振り返れば、ひとりの騎馬兵が馬上から声をかけていた。赤い羽織を纏《まと》い、手に槍《やり》を持っているところを見ると、この刑場の衛兵らしい。夏月がなんて返事をしようか考えるまもなく、騎馬兵の言葉に呼応するように、巨大な門が音を立てて開いた。

なかに足を踏み入れると、朱色の瓦《かわら》をいただく、壮麗な殿宇《でんう》が見えた。立派な大屋根に巨大な柱が連なる建物には無限に吊《つ》り燈籠《どうろう》がつづいている。どこかのお屋敷に紛れこんだのかと思ったが、これほどの壮麗な屋敷が運京にあったなら、夏月だって噂で聞いているはずだ。

（もしかして、黒曜禁城の奥？　でも、なにかが違うような……）

屋敷を囲む断崖《だんがい》絶壁には一面に碑文や題辞が連なり、奇妙にひと気がない。生き物の気配もない。風変わりな城壁の模様や円窓は美しいが、違和感の理由をはっきりと言葉にできずにとまどっていると、どーんどーん、と規律を正すような太鼓の音が響いた。

どういう奇妙な世界に入りこんだのだろう。さっきまで暗闇のなかにいたはずなのに、門の内側は明るかった。昼の明るさではなく、極光だ。暗い天空に薄布の幕がかかるように、青白い光がまばゆく頭上に揺らめいている。夏月が茫然《ぼうぜん》とその揺らめきを眺めていると、また急《せ》かすように太鼓の音が響き、奥につづく門が開いた。

「死者たちは伏して冥府《めいふ》の沙汰《さた》を待て。泰山府君のおなりである……頭が高いぞ！」

ふたつめの門をくぐった先は、法廷のようだ。屋根がない中庭はまず白砂を敷きつめた広場になっており、そこでたくさんの人が喚《わめ》きたてていた。

「嘘です！　私は罪なんて犯していません。泰山府君、どうかお慈悲を……」

「俺は悪くない。俺が地獄に行くなら、俺の一族を殺した相手こそ地獄行きだろう⁉」

これから裁かれるとおぼしき人々は、口々に自分の無実や恨めしさを訴えている。

その訴えはすべて、正面にいる大府に向けられていた。七段ほどの階段を上った先、まるで複雑な器械のような、奇妙な模様の描かれた石碑の前に白い衣の神が座している。高いところから見下ろされているからだろうか。ぬかずいた格好でも、凄《すさ》まじい威圧を感じてしまう。

（これが……冥府の王――泰山府君……？）

法廷の周囲には百薬簞笥《だんす》のような規則正しい棚が並び、袍《ほう》を纏《まと》った官吏が忙しく動いている。法廷を埋めるほどの死者の聞きとりをしているからだろう。卓子の上にはいまにも崩れそうなほど大量の竹簡が積んである。

そのさらに向こうには、幾重もの、ゆらゆらと揺らめく光があった。それが人の天命を司《つかさど》る蠟燭《ろうそく》だと気づいたのは、法廷にいたひとりに沙汰が下されたあとだ。官吏が蠟燭の炎をふぅっと吹き消すと、その場にいた男が、断末魔の悲鳴をあげる。その闇をつんざく怖ろしい声を聞くと、法廷で頭を伏している者はみな震えあがった。

「ここが……冥府ですって？　では、わたしは門檻《もんかん》に頭をぶつけて……」

夏月はようやく、自分がどこにいるのかを理解した。

死者の魂が集まるのが五聖山のうちの東岳――泰山である。泰山の御殿には泰山府君が住まい、冥府を治める。死者といえども戸籍を持ち、現世の罪に応じて地獄に落ちるか、どこかの町の城隍神《じょうこうしん》なり土地公なりの下について苦役を行うのが定め。

泰山府君は、人間の宿業や寿命を記した帳面——禄命簿《ろくめいぼ》を持ち、やってきた死者の罪や徳を量って、地獄に送る裁きを下す。

冥府の王。冥府を治める神である。

響きわたるのは幽鬼の泣き声か、苦役に喘《あえ》ぐ呻き声か。

——ここは泰山府君が支配する死者の国なのだった。


〈二〉


「藍夏月、おまえはこの泰山府君の頭を踏んだ罰として冥府に落ちた。現世の罪の申し開きをするがよい」

極光を背にして座る冥界の王が告げた。

——藍夏月、享年十六。あまりにも早すぎる死だった。

「わたしが……死んだ？　嘘でしょう……」

これですべてが終わったと、夏月は冥府の法廷にくずおれた。

(今月のつけの支払いは終わってた？　幽鬼の手紙だって届けてやってないし、わたしはこれから、お姉様に会いに後宮に行く予定で……いいえ)

——もう、それらの予定を考える必要はないんだ。

冥府の光景をまのあたりにしたあとだから、自分が死者の国にいるということ自体は、すんなりと腑《ふ》に落ちた。しかし、自分が死んだと言われて、頭が真っ白になっている。まだ死ぬ予定はなかった。体は丈夫なほうだったし、自分の日々の暮らしが明日《あした》もつづくと信じていたからこそ、どうやって生きていこうかと悩んでいたわけで。

夏月はただただ茫然と、自分の生をとりあげようとする神を見上げた。

泰山府君は星冠霜衣《せいかんそうい》——頭には星飾りがついた金色の冠に歩揺《ほよう》のついた簪《かんざし》を挿し、白い長衣を纏《まと》っていた。頭上に束ねた髪と肩にかかった後れ毛から察するに、艶《つや》のある黒髪は背中を覆うほど長い。肩当ては目が覚めるような藍色《あいいろ》の地に金細工が施され、被帛《ひれ》を纏い、帯からは五色の飾り紐《ひも》が垂れ下がっていた。一目見ただけで、豪奢《ごうしゃ》な姿に圧倒されてしまう。

神様に対して不遜《ふそん》かもしれないが、まるで鵲《かささぎ》の化身のようだと、夏月は思った。朝靄《あさもや》のなかに霜が降り、川に氷が張る寒さでも、鵲はその凍《い》てつく空気に溶けこむように静かに佇《たたず》んでいる。その姿に似て、存在自体が自然の美と化しているかのような厳かさがあった。

泰山府君が右手に開いているのは、人の運命をすべて記してあるという禄命簿だろうか。泰山府君はときおり頁をめくり、視線を落としているようだった。

「現世の罪の申し開きと言われても……泰山府君の頭を踏んだ罰というのは、なにかの間違いではありませんか？」

震える声で自分の潔白を訴えようとして、ふと記憶がよみがえった。

（いや、あれだろうか……門檻に足を引っかけたときの……）

誰かとぶつかった気がするが、足を引っかけたのは確かだ。古来、なにもないところで転ぶことを『神様の頭を踏んだ』などと言う。泰廟《たいびょう》が祀《まつ》っているのは泰山府君だ。そこで転んだから泰山府君の頭を踏んだということになっているのだろうか。

「罪は罪だ。そして沙汰は私が決める。どうせ都の片隅で代書屋を開くだけの穀潰《ごくつぶ》しであろう。無為に生きてきた身をあらためて、おとなしく地獄で苦役につくがいい」

「無為に生きてきたって……」

（この神様、なんて傲慢《ごうまん》で自分本位なの……）

怒りのあまり、夏月は言葉を失った。いくら神様とはいえ、ずいぶんな物言いではないだろうか。

「ちょっと待ってください……わたしの代書屋はちゃんとした仕事で……あっ」

訴えの途中で背後にいる幽鬼につきとばされ、夏月は白砂の上に転がった。

「儂《わし》が先だ！　罪なんてあるわけがない。儂は城隍神付きの高官になるんだろう？」

「お慈悲を……泰山府君、お慈悲を。盗賊をしてなにが悪いっ……食べていけない国を造ったやつが悪いんだぁぁぁああ……っ」

夏月がなにか言おうとしても、ほかの幽鬼に邪魔され、ままならない。

（なんでこんなに幽鬼がたくさん集まっているのでしょう……）

ちらりと、官吏たちが積みあげていく一方の竹簡に目をやる。幽鬼となった人々が次から次へと自分の罪を軽くしてくれるようにと訴え、その聞きとりを官吏が竹簡に書いて卓子の上に積みあげていくのに、いっこうに法廷にいる死者が減っていかない。どうやらそれは、最終的な判決を下す泰山府君の、禄命簿への書き入れが進んでいないからのようだった。

夏月も帳簿の書き入れを怠っては可不可から文句を言われている身だが、これはあきらかに仕事を溜《た》めすぎだ。泰山府君は悠然としているが、夏月は放っておけなかった。

「畏《おそ》れながら、泰山府君に申しあげます。どうやらそちらの竹簡の清書が進んでいないご様子……文字を書く者が必要であれば、藍夏月がお手伝いいたしますが、いかがでしょうか。ご承知のとおり、当方は代書屋を営んでおりますゆえ、泰山府君のお役に立てるかと存じます」

夏月は手に手を重ねて礼を尽くしながら申し出た。

「この泰山府君の手伝いをする、だと……？」

脅すような声だが、気を引いたのは確からしい。泰山府君の視線が夏月に向いているいまが、売りこみの絶好の機会だった。

「はい。字の読み書きができない者の代理で手紙や扁額《へんがく》を書くのが代書屋でございます。『泰山府君の頭を踏んだ罰として冥府に落ちた』とおっしゃいましたが、代書の対価でその罪を帳消しにしていただけないでしょうか……わたしはまだ死にたくありません」

叩頭《こうとう》――地面に手と額をつけ、伏してお願いする。

「必要のないことを勝手に話しだすな！」

官吏を通さずに、泰山府君に直接、話しかけたのがまずかったのだろうか。紅《あか》い服の衛兵に槍《やり》の石突きでこづかれた。ほかの幽鬼たちはもっと勝手に申し開きをしているというのに、なぜ夏月だけがこづかれるのだろう。釈然としない。しかも、竹簡をうずたかく積んでいた官吏たちまで、憤然となって抗議してきた。

「人間の死者ごときが、泰山府君の代わりをしようなどと、無礼にもほどがあるわ」

「そうだそうだ。死者が罪状を書に連ね、判決を下すのは泰山府君の役目。ただびとに代われるものではない」

囃《はや》し立てるように、冥界《めいかい》の官吏たちが夏月をそしるのを、右から左へと流していると、

「黙れ！」

泰山府君の怒声とともに、無数の札が放たれた。白い札――霊符は、まるで音の波に乗って届いたかのように法廷の白州につきささる。霊符にはそのひとつひとつに、呪《しゅ》がこめられていたのだろうか。あたりは突然、水を打ったように静かになった。あれほど騒いでいた幽鬼たちさえ、その場で凍りついている。

「代書屋。この泰山府君の代理で判決文を書くと言ったな」

「そのとおりです。当方が泰山府君の手となって、代わりに文字を書きます。泰山府君のお役目の代わりではありません。あくまで文字を代わりに書くだけです」

「私の手の代わり……」

判決を代わりに下すのではない。代書というのは、書けない人の代わりに文字を書くものだ。生きている人間だけでなく、幽鬼に対しても同じだ。

(幽鬼の代書なんて、わたしぐらいしか引き受けない。あの幽鬼の手紙を届けてやらなければ……ここで死ぬわけにはいかない)

死んだ衝撃で失いかけていた仕事の矜恃《きょうじ》が、ふつふつとよみがえる。

「はい。『代書屋は相手の仕事に関わる話を、書くときに歪《ゆが》めてはならない』とされています。まずはわたしの仕事ぶりを見て判断していただくというのはいかがでしょう。それで満足していただけたなら、対価をいただくということで」

取引を持ちかけられそうな気配を察し、夏月は言葉を重ねて頭を下げた。跪座で泰山府君の返事を待っていると、ここが冥府だということを忘れてしまいそうだ。

――本当に自分は死んだのだろうか。ただ夢を見ているだけじゃないのか。

午睡の夢のような、ひとときのあわいのなかにいて、ほんの一瞬を永遠のように感じているだけなのではないか。

泰山府君の背後に並ぶ、十重《とえ》二十重《はたえ》の蠟燭《ろうそく》の火を、その炎の揺らぎを瞳《ひとみ》に映しながら、そんなことを考えていた時間もまた、瞬きするほどのわずかな時間だったはずだ。なのに、風が吹き、火がついたり、消えて煙を上げたりしている時間が、やけに長く感じる。

しばらくして、泰山府君が筆を筆かけに下げ、立ちあがったときには、自分が一年ほど同じ場所にいたような気さえした。

「紅騎《こうき》。その娘をこれへ」

呼ばれた声に、夏月に石突きをつきつけていた赤い衛兵が槍を引く。階段を上っていけと言うことだろう、槍で追いはらうような仕種《しぐさ》をされる。死者から離れて、対句や精緻《せいち》な模様を彫刻した石の階段を上っていくと、昏《くら》い空に揺らめく極光が目に映った。

（対句に書いてある文字は……泰山府君を讃《たた》える言葉だろうか）

朱色の瓦《かわら》をいただく巨大な屋根を持つ、壮麗な殿宇。その向こうに見える断崖《だんがい》絶壁にも様々な浮き彫りしてあるのが見える。夏月としては遠すぎて文字が読めないのが惜しいくらいだが、神々しいまでに美しく、ありえないほどに異様な光景は、泰山府君の畏《い》怖《ふ》をいやましていた。

高いところから法廷を眺めると、まるで野外劇場の舞台に上がったかのようだ。壇上で揖礼《ゆうれい》して近づくと、冥府の王の顔がはっきりと見えた。

（この美丈夫が冥府の王……泰山府君？）

響きのいい声音から想像したとおりの、すっと伸びた鼻梁《びりょう》、美しい額に切れ長の目。薄く笑って口角を上げた口元は役者のように整っており、若々しい美青年だった。

どこかのやんごとなき身分の青年だと言われたら、信じてしまいそうだ。

冥府を司《つかさど》る怖ろしい神なのに、その表情はどこかしら人間くさい。夏月の言動、行動をどうしてくれようかという顔は、面白がっているようにも見える。神仙は年をとらずに長く生きると言うが、実際にまのあたりにすると、ただただ驚くしかなかった。畏怖にひれ伏したい気持ちと同時に、いつまでも見ていたくなる不思議な魅力があった。

（なぜだろう。この神の顔をどこかで見たことがあるような……）

夏月が首をかしげていると、早くしろとばかりに羽毛扇で招かれた。

「いいだろう……これが判決内容だ。こちらが見本。まずは試しに書いてみよ」

泰山府君の命令に応《こた》えて、頭巾《ずきん》をした下級官吏が椅子を持ってくる。普通の幽鬼なのかと思ったら、顔には呪言の書かれた布を垂らしていて、夏月はぎょっと目を剝《む》いた。言葉を発しなかったから、幽鬼ではなく、式神なのかもしれない。

さっき泰山府君が霊符を使っていたとき、夏月はまるで道士の術のようだなどと、神様相手に不謹慎にも思ってしまったが、術式を操って当然だ。泰山府君というのは、死者の裁きを行う冥府の主《あるじ》というだけではない。

陰と陽を司る術式――陰陽道《おんみょうどう》の神でもあるのだった。

（代書をしますなどと言ってしまったけど……なぜ、式神に書かせないのでしょうか？）

夏月がちらりと視線を向けたのを見ていたらしい。疑問にすぐ答える声があった。

「式神は私の補助はできるが、代わりはできない。ほかの官吏もだ。法廷を開くことはできるが、禄命簿《ろくめいぼ》への書き入れは私しかできないのだ」

言われて、前に置かれた書物が、人の運命を記したという禄命簿なのだと気づいた。

「こんなことは初めてだからどうなるか、わからないが……まずは書いてみろ」

言われて夏月は筆を手にとった。しかし、この禄命簿に書いたことはその人の運命を決めてしまうと思うと、さすがに緊張で手が震える。

「念のため、おうかがいしますが……禄命簿に文字を書き入れるなんて呪われたりしませんか？」

「それは知らぬ。代理で書かせたことなんてないからな。まずはこの男だ。天命は六十一才。死因は病による衰弱死。罪状は軽微。冥籍《めいせき》——死後の戸籍は清川《せいせん》省三峡台《さんきょうだい》城隍神付きとする」

夏月の畏れなどどとるに足らないとばかりに、作業は強引に進められる。夏月はとりいそぎ手近な竹簡をとり、見本の禄命簿のとおりに書きつけた。これでいいかと確認するように泰山府君の顔色をうかがうと、

「それでいいから、すばやく清書しろ。竹簡が溜まっているからな」

是とも否ともとれない返事が来ただけだった。

（自分が溜めたはずなのに、なぜ、そんなに偉そうなのか……）

今度は禄命簿に筆先を下ろすと、滑らかな紙の感触がした。引っかかりのない、上等な紙だ。軽やかに筆が進む。書き終えたとたん、ひゅっ、と流れ星のような光が闇の空間を駆け抜けた。どうやらそれは、裁定が下った幽鬼が法廷から消えたときの光のようだった。

「よし……これはよいな。うまくいきそうだ……次。人殺しの上、刑死。天命は三十五才の男。地上で裁かれた罪のほかにも殺害、強盗、陵辱の罪あり、地獄落ちとする」

さきほどの禄命簿の主とは正反対の内容に、夏月は思わず顔をしかめた。しかし、

「代書屋、これを裁いたのはこの泰山府君であり、おまえは代書するだけではなかったのか」

という声がかかり、心から感情を締めだした。

「そのとおりでございます」

夏月が言われた言葉を書きとめたと同時に、苦悶《くもん》の叫びが響きわたった。さきほどの流れ星のような光とは違い、地獄の獄卒が首に鎖をつけて引き立てていったからだ。

「次は、天命は十才。死因は遊覧船から川に落ちての溺死《できし》。親を泣かせた罪として、地獄行き」

響きのいい声が、先をうながす。書き終わった禄命簿は式神が持ちさり、墨が乾くまで棚に並べられている。夏月の前の卓子が空くと、泰山府君が竹簡の山のなかから無造作にひとつを選び、その覚え書きの死者の禄命簿を広げた。

「十才の……溺死は……地獄行きでございますか……」

感情をこめるなと言われたばかりなのに、筆を持つ手が震えてしまった。

「親より先に死んだ子どもが行く地獄がある……そこからまた六道へ転生し、新たな生を歩む……罪状があり、地獄に落ちるのは、理由あってのこと。ここは冥界で、冥界に

は冥界《めいかい》の掟《おきて》がある。安易におまえが肩入れしたところで、死者のためにはならないぞ」

ほら早く書けとばかりに、泰山府君が手にしていた羽毛扇でこづかれた。羽なので痛くはないが、心はまだ軋《きし》んだ音を立てていた。

「意外と手が早いお客だこと……」

ぼそりとこづかれたあたりの頭を撫《な》でて独り言のように言うと、もう一度、羽毛扇でばさっと頭をこづかれる。今度は本当に物理的に痛い。

「代書屋の仕事ぶりをこの泰山府君が鼓舞してやっているのだから、感謝するがいい。次は――……」

泰山府君の鬼教官のごとき指導は、疲労しきった夏月が動けなくなるまでつづいたのだった。

† † †

式神と幽鬼の官吏とが冥府の法廷を行ったり来たりしているうちに、白州にいた死者たちは、いつのまにかいなくなっていた。

あれほど騒がしかったはずなのに、いまは苦悶の声も、嘆きかなしむ声も聞こえない。

いま目の前に広がる光景には、冥府のもうひとつの側面――死というものが持つ、厳かさや静謐《せいひつ》さが漂っていた。夏月が泰山府君の指示の下、ひたすら片付けていた竹簡の山も、いまは影も形もない。最後に残った竹簡は、当然のことながら夏月のものだ。それに気づいているのかどうか、泰山府君は手元に置いた禄命簿をじっと眺めている。

「藍夏月、十六才——藍思影の娘。運京の外れで代書屋『灰塵庵』を営む……さて」

さきほどまでの鬼教官ぶりから、冥界の裁判官の顔に戻った泰山府君は、いま初めて夏月の禄命簿に目を通したかのように読みあげた。

「死にたくないと言うわりに、やはり現世では世捨て人のように生きているだけではないか。いっそのこと死して冥府で働くほうが代書屋として役に立つのではないか？」

「生きていても、ちゃんと代書で人の役に立っておりますので、どうぞおかまいなく」

泰山府君の言に乗せられまいと、夏月はぴしゃりと言い返した。

どうもこの神の言葉は危険だ。本当のことかどうかもわからないのに、相槌《あいづち》を打っただけで言質をとられてしまうようなあやうさを感じる。

（気にしない気にしない……現世で女の代書屋なんてと蔑《さげす》まれたときと同じ）

——よくあることだと、流してしまえばいい。

そう思って我慢できたのは、つかの間のことだった。

「おまえていどの書家など、市井に掃いて捨てるほどいるのではないか。それともあれか。未婚で死ぬことが心残りだというなら、泰山府君の妻になるか？　妃《きさき》のひとりとして娶《めと》ってやってもいいぞ」

冥府の王は夏月の書いた禄命簿をぱらぱらとめくりながら、挑発するように言う。

「結構です。わたしは結婚に興味ありませんので」

かぶせ気味に拒絶すると、悠然と座した貴人はまた、くつくつとのどを鳴らして笑う。

からかわれているのだとわかっていたが、つい感情的な反応を返してしまった。

「泰山府君は誰でもできる仕事だからとわたしから書をとりあげるとおっしゃる。それなら、名もなき官吏はどうでしょう？　誰でもできる仕事をしていると、すべて冥府に落としますか？　そんなことをしたら行政は止まってしまうでしょう。誰でもできる仕事を多くの者がやることが大事なのです。そうすれば、突然、誰かが休んでも誰かが代わりにこなせますから」

「なるほど……神に仕事の心得を説くとは……おまえの師はずいぶんと不遜《ふそん》な弟子を育てたものだな。幽鬼の代書をするのも誰かに教えられたのか？」

くくく、と冥府の王は笑っていた。気分を害しているというより、単に面白がっているようだった。

「幽鬼の代書をしてやりたいのは……誰とも関係ありません。わたしの考えです」

――深夜、鬼灯《ほおずき》を掲げていれば、幽鬼が訪ねてくる。

それは古い風習なのだと、夏月は知っていた。

「死したあと幽鬼となってまで伝えたい想いを、彼らは託しに来るのです……わたしはそれを届けてやりたい」

――どうかわたしの話を聞いて。声にならない叫びを聞いて。

その声を無視できないのは、まるで自分を見ているかのようだからだ。

――『どうしておまえは普通の娘と違う振る舞いばかり……』

父親の言葉を思いだすたびに胸が痛む。変わり者の娘だと嘆かれては、夏月の言葉などなかったことにされてしまう。

――書をやめたくない。結婚なんてしたくない。

何度伝えても、言葉はまるで届かなくて、そのうち夏月は伝えようとすることをあきらめた。代わりにひとりで生きる道を模索するようになった。

「わたしはただ……自分が自分のまま生きたいのです」

夏月が泰山府君に答えていると、どこから漂ってくるのだろうか。ぬるい風が吹いて、天命の蠟燭《ろうそく》の炎が大きく揺らいだ。

（どうも、この冥府の王は苦手だ……）

心の奥に封じこめて見ないようにしていたことを思いださせる。こんな話をするつもりはなかったのに、心の裡《うち》を話してしまった。夏月の心が揺らぐと、蠟燭の炎も揺らぐように見える。

人の寿命を定めたる火――それが天命の蠟燭だ。漆黒の壁に浮かびあがるは二重三重、十重《とえ》二十重《はたえ》に連なる火。風が吹けば揺らぎ、水が滴れば消えいりそうになる。

美しくも儚《はかな》い人の一生。いくつかの蠟燭の炎が消え、いくつかは消えたあとで、また炎が勢いをとりもどしている。無数に揺らめく炎を見ているうちに、夏月はそのうちのどれが自分の蠟燭なのだろうと考えた。炎の揺らめきを眺めているうちに、ふと、自分と天命の蠟燭とが繫《つな》がっている気がした。

（わたしの蠟燭の火は、まだ強く燃えつづけているような――）

「そもそも……泰山府君。ひとりで仕事を抱えて処理できなくなるのは本末転倒です。泰山府君の手が止まっているせいで、ほかの人の仕事まで滞っているではありませんか」

冥界の空気に呑《の》まれまいと、夏月はあえて語気を強めて非難した。

するとまた、蠟燭の火のいきおいが強くなった気がして、夏月は拳《こぶし》を握りしめた。

――まだ死にたくない。

そう強く思えば思うほど、炎は強くなり、夏月は繫がりを確信した。

「それに、わたしの天命はまだ尽きていないと思いますので」

きっぱりと冥府の王に告げると、夏月の答えを予想していたのだろうか。泰山府君は驚いた様子もなく、新たな提案をした。

「天命はまだ尽きていない……か。では、こうしよう、代書屋。この泰山府君がおまえを生き返らせてやる。そのかわり、おまえは私の仕事の手伝いをするのだ」

（あれ？　まだ竹簡が残っていたでしょうか……）

夏月が視線をさまよわせた意図を察したようだ。法廷に否定の言葉が響く。

「違う。そもそも地上に出かけていたのは、現世の城で調べたいことがあったのだ。おまえの運命に働きかけてやろう。城へ行き、私の手伝いをするというなら、地上へよみがえらせてやる」

「地上に出かけていた……あっ、均扇楼の……」

夏月はそこでようやく、この神の顔に見覚えのある理由に気づいた。

（わたしが梯子《はしご》から落ちたときに助けてくれた……あのときの美丈夫⁉）

「なぜ泰山府君ともあろうお方が地上の酒楼に出入りして……ではなく、わたしはもう十分働いていませんか？」

溜まっていた竹簡がどれほどあったと思っているのだろう。憤然と口答えする夏月に泰山府君はにやりと笑う。

「いますぐ冥籍が欲しいなら、遠慮はいらぬぞ？　すぐに地獄でも城隍神の下働きでも送ってやる」

「泰山府君のお手伝い、この藍夏月、確かにうけたまわりました」

今度は即答だった。いますぐ冥籍に入る――つまり、死者にさせられてはたまったものではない。神仙の考えなど夏月にはわからない。矮小《わいしょう》な人間の身では抗《あらが》えない力を持ち、ときとして、人ひとりの運命を変えるほどの神力を奮うのが神という存在だ。夏月ごときの力では抗うことはできないのだろう。

（ともかく死なないですむのなら、それでいいでしょう……）

夏月は死んだ魚のような目で頭を下げた。表情とは逆に、内心では死にもの狂いだった。冥府にいるからには、もう死んでいるのかもしれないが。死を身近に感じるからこそ、生がひときわ眩《まぶ》しい。

「天命か……」

泰山府君は夏月の禄命簿《ろくめいぼ》の頁を指先で繰って、考えごとをするように呟《つぶや》いた。ぴちょんぴちょんと雫《しずく》が滴る音が響く。不思議なことに、門の外で響いていた不気味な呻《うめ》き声は、泰山府君の御殿に入ったとたん、まったく聞こえてこなくなった。おかげで、神が纏《まと》う長衣の、衣擦《きぬず》れの音さえ聞こえるほど、あたりは静まりかえっている。

「紅騎」

泰山府君はそばに控えていた部下を呼びよせ、最後に残っていた竹簡を手渡した。

「この娘の天命はまだ尽きていない。たまたま、この泰山府君が地上との行き来をしたさいに、その通り道にこの娘がおり、巻きこまれて冥府《めいふ》に落ちたようだ。よって、藍夏月。おまえの死後裁判はなしとする」

ぱたりと音を立てて、禄命簿が閉じられた。どうやら死後の戸籍を書き入れる必要はないということらしい。夏月はほっと胸を撫《な》でおろした。

「紅騎、この娘は西の門から帰してやれ」

それで話は終わりだと言わんばかりに、泰山府君は椅子から立ちあがった。

あとから知ったことなのだが、泰山府君の御殿にはときおり生者が訪れることがあるようで、西の門は生者が使う門なのだという。

神が袖《そで》を整えるようにして身じろぎした瞬間、おぞましい死の国に似合わぬ、雅《みやび》やかな香りが漂う。地上を行き来したときに線香の香りが衣服に移ったのだろうか。青空に朱色の柱がよく映える、泰廟《たいびょう》をお参りした瞬間を思わせる香りだった。

畏怖《いふ》すべき冥府の王なのに、その気配がどこか懐かしいと思うのは、泰廟をいつも霞《かす》ませている線香の香りのせいなのだろうか。

「代書の対価は私の頭を踏んだ罰と相殺だ。それでよいな」

「承知いたしました。お客様の要望とあれば、代書はいつでもお引き受けいたしますので、どうぞまたご贔屓《ひいき》に」

対価という言葉に可不可の顔を思いだしてしまったせいだろう。柄にもなく、営業用の言葉が、するりと口を衝《つ》いてでた。すると、冥府の王はくすりと笑いを零《こぼ》して、

「そうだな……また法廷の死者が増えたら代書屋の手を借りることも一考しよう」

それで立ち去ろうとして、ふと思い返したように、

「藍夏月、このたびは確かにおまえの天命は尽きなかった。しかし、それはおまえの選んだ道がたまたま先に繋がっていただけだ」

これは警告だと言わんばかりの、戒めを含んだ物言いでつづけられる。

「おまえの顔には死相が出ている」

「死相……ですか？」

冥府の王から言われて、これほど不吉な言葉があるだろうか。思わず夏月は自分の首が繋がっているのかどうか、手をやってしまった。

「そうだ。天命は確かにあり、天命の蠟燭が尽きないかぎり、おまえは死なない。しかし、運命にはいくつかの分岐点があり、その選択いかんが寿命を左右する。間違った道を行けば、ただちにおまえの天命は尽きる――そういう凶相が出ている」

「運命の分岐点……」

生きている人間なら誰でも思い当たる『もしも』の別の道。もしも、幽鬼に襲われたときに運が悪かったら、あるいは、夏月が梯子から落ちたときに泰山府君が通りかからなかったら――。いくつもの『もしも』、いくつもの『分かれ道』を経て、夏月はいま冥府にいる。そのどれかで違う選択をしていれば、すでに死んでいたかもしれないという警告でもあった。

泰山府君は、動揺する夏月に近づいて、なにを思ったのだろう。おのれの髪に挿した簪《かんざし》をひとつ抜きとった。貴人が身につけるような、銀の簪だ。先のところには宝石がついて、狼の飾りが揺れている。

「代書屋の働きぶりに免じて、ひとつ埋め合わせをしてやろう。おまえが危機に遭い、どうしても進退きわまったときには、泰山府君の名を呼ぶがいい」

そう言うと、その簪を夏月の髪に挿して、鋲《びょう》の打たれた扉の奥へと、華麗な殿宇のほうへと去っていく。

「おお、我が泰山府君はさすが……なんと寛大な処置だ。ほら代書屋、礼を言わぬか」

言われて、夏月はお礼を言っていないことに気づいた。扉の向こうへ消える後ろ姿に、あわてて手と手を重ねて頭を下げる。

神に口答えをして生き返らせてもらったのだ。罰《ばち》を当てられこそすれ、冥府の王から仕事ぶりを褒められるとは思わなかった。しかし、結いあげた髪に手をやれば、そこには軽やかな音を立てる簪の手触りが確かにある。

(神様が持っていた簪なんて……魔除《まよ》けとしては破格じゃないでしょうか)

簪は古代には魔除けのひとつだったと言われている。もし、本当に夏月に死相が出ているのなら、それを祓《はら》うためにくれたのだろう。長い黒髪に白い長衣の神は一度も振り返らなかった。人間ごときが礼をするのを見る価値などないと言わんばかりだ。しかし、紅騎は夏月が頭を下げて満足したらしい。「ついてこい」と言って、歩きだした。

西の門と言われた巨大な門を出たところで振り返れば、『泰山府』と扁額《へんがく》を掲げた屋根の向こうに、まだ青白い極光が天空で輝いている。冷たく美しい輝きは、目に見えていても摑《つか》めはしない。手を伸ばしてもけっして届かない。

その孤高の輝きは、どこかしら、星冠を戴《いただ》き、霜衣を纏《まと》った神の姿と重なって見えた。


〈三〉


——また会えるのでしょうか……。

泰山府君の背に手を伸ばそうとして、指先はそのまま空を切った。夢のあわいから現実へと閉めだされ、その急激な変化に、一瞬、意識がついてこない。

「ここ……どこ……？」

自分がどこにいるのか理解できなくて、夏月はかすれた声を漏らした。体がすっかりと冷えきっていて、ぶるりと身震いする。

どこだかわからないが、寒い。下手をしたら、夜明け前の『灰塵庵』よりも寒かった。しかも、異様に体が重い。ぎくしゃくと身を起こそうとして、おかしいはずだと納得した。夏月が寝ていたのは、普通の布団ではなく、石の上だったのだ。

よくよく見れば、見覚えのある藍家の廟堂《びょうどう》だった。ただし、石棺の上で寝たのは初めてだ。いつもは先祖にお参りをして線香をあげるために来ていたのだから。

「なんで……こんなところで寝ていたのでしょう……」

声を出そうとすると、その声もひどくかすれている。のどが渇いて仕方がない。

「可不可はいないの？　水。水なんてどこかにあったかしらね？」

ずりずりと石棺から下りて動きだそうとして、ようやく自分の着ている衣服もおかしいことに気づいた。季節に合わせて色合いを変える襦裙《じゅくん》姿ではなく、まるで葬式のように真っ白い服を纏っていたのだ。

「どういう……こと？」

頭のなかを疑問で埋め尽くしていると、がたり、と廟堂の扉が開いた。外からの風もぴりっと寒いが、どこかすがすがしい。

その風とともに入ってきたのは、従者の可不可だった。

「ああ、なんだ。いたの、可不可……水を持っていない？　のどが渇いて渇いて死にそうなの……」

首元を押さえながら、必死に訴えたつもりなのに、可不可には通じなかったらしい。

「お、お嬢!?　まさか……まさか殭屍《キョンシー》になってしまうなんて！」

すばやい動きで後ずさりすると、廟堂のあちこちに張られているなかから札を一枚剥《は》ぎとり、「悪鬼退散！」などと叫びながら夏月の額に叩《たた》きつけた。

（いったいなにがどうなっているのだろう……）

夏月は従者の不条理な行動を叱りつけたい衝動を抑えて、額から札を外した。

「可不可……少し冷静になって答えてちょうだい。そうしないと、おまえの給金を減らしますからね」

「お嬢から給金が出ないなら本家に出戻りですね……ってお嬢、なんだか殭屍にしては生きているときと変わりありませんね」

「誰が殭屍よ……泰廟の門檻《もんかん》に足を引っかけたことは覚えています。そのあと、なぜ廟堂なんかで寝る羽目になったのか、説明してちょうだい」

辛抱強く夏月がくりかえすと、可不可もようやく頭が冷えてきたらしい。いつもの調子をとりもどして、かいつまんで話をしてくれた。泰廟で意識を失った夏月を『灰塵庵』に連れ帰ったこと、本家に連絡し、医師を呼んで死亡が確認されたこと。

「あ、もちろん、紫賢妃にも後宮にうかがえないという連絡をしておきました」

突然のことだったから、父親は夏月の死をすぐに認められなかったらしい。もともと、死体はしばらく安置してから埋葬する習慣がある。様子を見ようと『灰塵庵』に三日ほど寝かせていたのを今朝早くに廟堂に移したと言われ、危ないところだったと思う。

石棺に納められて土葬されていたら簡単には這《は》いだせなかっただろう。

「──つまり、頭を強くぶつけたわたしは息をしておらず、医師の診断では死んでいたと……それで現在は廟堂に安置されていたと、そういうことね？」

「脈がありませんでしたからね……ほら、こんなふうに」

さっきまで殭屍だと怯《おび》えていたくせに、可不可は気やすく夏月の手首に指を当てる。その仕種《しぐさ》からは自分が正しいと思っている者特有の迷いのなさがうかがえる。しかし、しばらくすると、可不可の表情が訝《いぶか》しそうに豹変《ひょうへん》した。

「あれ？　脈が……ある？　まさか……確かに脈がなかったはずなのに！」

「ほほほほほ……きっと衝撃のあまり仮死状態になって脈がひどく遅くなっていたのでしょう。可不可、これでわかったでしょう、わたしは死んでいないのよ？」

(三日！　あの竹簡の山を片付けるのに三日もかかっていたなんて！)

笑みを浮かべて自分の従者を落ち着かせる一方で、内心では動揺を隠せなかった。

どうりで体が重いはずだ。泰山府君の鬼のような催促を思いだして、頭を抱えてしまう。それとも、三日もの時間が過ぎているのは、代書ではなく、蠟燭《ろうそく》の火を眺めていたせいだろうか。問答をしていた瞬間の、法廷の静寂や、泰山府君が微笑んでいた顔を思いだすと、一気に十年ほど年をとってしまったかのような錯覚に陥る。

「お嬢？　気分が悪いんですか？　医師を呼んで来ましょうか……いますぐ」

「お待ちなさい、可不可。のどが渇いてお腹が空いているだけです。ここは泰廟《たいびょう》なんでしょう？　ひとまず帰って水を飲んで髪を拭《ふ》いて……均扇楼に行くわよ！」

夏月はきっぱりと宣言して、祖霊廟をあとにしたのだった。

† † †

黄泉《よみ》がえりの娘――そんな不吉な渾名《あだな》をつけられていると知ったのは、空腹のあまり酒楼に馬車を横付けし、さんざん食べ尽くしたあとのことだ。酒楼に顔を出したついでに、中断させられた壁の五言律詩の書を完成させ、夏月としては気分がよかった。

しかしそのあと、今度は自分の布団の上でここちよい眠りを貪《むさぼ》った夏月を待ち受けていたのは、父親からの呼びだしだった。

当然のことながら、藍思影は娘が死んだと思っていた。

なにせ、医師から死亡の診断をもらい、三日も死んでいたのだ。いくら健康だった娘の突然の死が信じられないとはいえ、遺体をずっと放置するわけにはいかない。

後宮入りしている長女――紫賢妃や、地方勤めに出ている長男に夏月の訃報《ふほう》を知らせ、葬式の手続きを進めようと思っていた矢先のことだ。その眠るように死んでいたはずの娘が動きだして廟堂から消えたという報告のあとで、酒楼で大量に飲食をしているという噂を使用人から聞いたのは。

藍思影は目が飛びでんばかりに驚き、娘を実家に呼びつけた。――そんなわけで、貴族街は洞門路にある藍府の一室で、夏月は父親の小言を聞かされていた。

「おまえが結婚もせずに代書屋の真似事をするのはまだいい。素徳《すとく》はおまえを早く嫁がせろと言うが……別宅にいれば、さほどうるさく言わないだろう」

素徳というのは最近、父親が嫡母《ちゃくぼ》――正妻に迎えた後妻だ。琥珀国では結婚しても姓が変わらないので、いまも王《おう》素徳と実家の姓で呼ばれている。素徳は夏月を嫌い、早く嫁がせて家から追いだしたがっていた。名家一族の長や豪商の主《あるじ》は複数の妻を持つのがあたりまえで、嫡母の権限が強い。家庭内のことには、ときには主人より発言力があり、夏月のように末子の女子は、たとえ後添いであっても嫡母の発言に強く逆らえない。

夏月が実家に寄りつかない一番の原因だった。

「しかし、だ。朱家から婚約破棄の申し入れが届いたかと思えば、娘は泰廟で倒れて死んでおり、そうかと思えば黄泉がえって街をふらつき、黄泉がえりの娘などと呼ばれていると言う……夏月、そんな娘の父親の身にもなってみろ！」

まるで商品を売るときの口上のようだ。壮年の父親にしては一息に、滑らかな口調で罵《ののし》られた。むしろその、滑らかな話しぶりにこそ感嘆し、思考ごと凍りついてしまう。

「お父様、申し訳ございません。でも、ずっとなにも食べてなかったので、とてもお腹が空いて……それこそ、また死んでしまいそうだったのです」

しおらしく頭を下げたが、正直に言えば、夏月としては自分が死んでいた、という感覚があまりない。なにせ、冥界《めいかい》ではひたすら禄命簿《ろくめいぼ》の書き入れをして働いていたのだ。必死に作業をするあまり飲食を忘れていたにしても、いま思えば、冥界ではお腹が空かなかったのだろう。かつてないほど酒楼で食べて今度はお腹が痛くなってしまった。

すぐに本家に顔を出せる体調ではなくて、父親のことをすっかり忘れていたのだった。ここで神妙な顔をして謝ってくる娘に絆《ほだ》されるような父親であれば、話はもっと簡単だっただろう。しかし、藍思影は、娘の型にはまりきらない気質をよく心得ていた。

「いったいなぜ私は、死んで黄泉がえったあと、親に顔さえ見せない娘を養っているんだろうな……」

「ごもっともで」

父親に同意したのは夏月の背後に控えていた可不可だった。廟堂での驚きようから察するに、彼もまた夏月が死んだと思って、ずいぶんと胸を痛めていたのだろう。

(仕方がないことですけど……また四面楚歌《しめんそか》です。味方がどこにもいない)

夏月の窮地を救ってくれたのは、姉、紫賢妃からの使いだった。

「旦那《だんな》様、夏月お嬢様の具合を訊ねる手紙が来てますが、いかがいたしましょうか?」

部屋の入口で使いとやりとりし、可不可が藍思影におうかがいを立てる。その意味がわからなくて夏月が首をかしげていると、父親はまだ説教したりない顔で言う。

「紫賢妃には、おまえは具合が悪くて後宮に上がれないとだけ連絡してある。今日は城に上がるには遅いから、明日《あした》にでも顔を見せてきなさい」


〈四〉


――翌日、夏月は姉に会うために、後宮は弘頌殿《こうしょうでん》を訪れていた。

「藍夏月が紫賢妃にご挨拶《あいさつ》申しあげます。ご所望の書物の写しをお持ちしました」

書物を台の上に広げて見せながら、夏月は跪礼《きれい》――膝《ひざ》をついた姿勢で手と手を重ねて頭を下げ、豪奢《ごうしゃ》な大袖《おおそで》の衫《さん》を纏《まと》った姉に礼を尽くした。

紫賢妃は侍女ふたりと宦官《かんがん》ひとりをつれて現れ、板敷きの大広間の上で、すっと長い裾《すそ》を捌《さば》き、近づいてくる。いくつも笄《こうがい》や簪《かんざし》を挿し、大きく結いあげた髪は美しいが、少し重たそうだ。裾に向かって色が変わる上品な染めの裙子《くんし》に、高腰に結んだ帯に紫色の佩玉《はいぎょく》を挿している。その優雅な佇まいこそが位階が高い妃《きさき》であることを告げていた。

「夏月、具合はどうなの？　ちゃんと食べているの？」

姉の美しい指先が夏月の両頬をやさしく挟み、心配そうに顔をのぞきこむ。

「は、はい……突然、お約束を破ってしまい、申し訳ありません」

まさか厄払いに行って死んでいたとは言えずに、夏月は頭を下げる。

「約束なんていいのよ。ただ、夏月は夜更かしするわりにこれまで倒れたことなんてなかったから驚いてしまって……」

みずみずしい頰に黒目がちな瞳《ひとみ》。張りのある声を聞くうちに、姉と話しているという実感がわいてくる。夏月は自然と口元がゆるむのがわかった。

（あのまま、死んでしまわなくてよかった……）

生きているよろこびを感じると同時に、黄泉がえるための引き替え条件——泰山府君の手伝いのことを思いだしてしまった。

——『現世の城で調べたいことがあったのだ。おまえの運命に働きかけてやろう。城へ行き、私の手伝いをするというなら、地上へよみがえらせてやる』

（ここも城のなかだけど……まさかこの訪問が手伝いではないでしょうね？）

泰山府君のことを考えて、夏月が姉から意識をそらせたときだ。

誰かが宦官を先触れによこしたらしい。紫賢妃の侍女と何事か応答をはじめた。

「まぁ、夏月と会っているところに来るなんて……いったいどなたでしょう」

姉は表情を曇らせたが、断れない相手なのだろうか。訪問の許可を与えている。

事情がわからない夏月が肩を落としたときだ。官吏らしき袍《ほう》を纏った青年が、宦官とともに弘頌殿の広間に入ってきた。

（久しぶりに会えたのに、わたしはもう帰らないといけないのでしょうか……）

「紫賢妃に洪緑水《こうりよくすい》がご挨拶申しあげます。こちらの無理を聞いていただき、ありがとうございました。そちらが噂の代書屋でしょうか？」

入ってきたのは見た目の凜々《りり》しい青年官吏だ。結いあげた髪に簪を挿した姿はすらりとしており、女性に微笑みかければ十人が十人とも恋に落ちそうな風貌《ふうぼう》をしている。

（噂とはなんのことだろう？　幽鬼の代書をしていることが問題になったか、それとも）

「まさか、黄泉がえりの娘……？」

自分の悪評が多すぎて見当がつかない。夏月が相手を観察しているように、官吏も夏月を値踏みするように眺めている。多分に牽制《けんせい》しあう空気をひきとったのは、この場でもっとも身分が高い紫賢妃だった。

「噂というのは『夏月の手紙がよく届く』というものかしら？　まさか外廷にまで伝わるとは……写本府の長官ともあろう方が、ただ代書を頼みに来たわけではありますまい。なにか必ず届けたい手紙でもあるのですか？」

その言葉に驚いたのは夏月だ。

――『夏月に手紙を書いてもらうと、手紙が不思議と無事に届くのよ』

夏月が代書屋をする許可を父親からもらうのに、姉はそんな説得をしていたが、ただの方便だと思っていた。まさかそんな益体もない噂を信じて代書を頼みに来る人がいるとは思わなくて、夏月の頭は真っ白になる。

（そういえば……あの幽鬼も『先生にお願いすれば間違いがないという噂を思いだして』などと言っていた……）

噂の出所が姉なのだとしたら、やはりあの幽鬼は後宮にいたのではないだろうか。気になることが一度に頭に渦巻いて、噂を否定するところまで気が回らないでいると、紫賢妃もご存じのことと思います。

「ご明察のとおりです、紫賢妃。ある祭祀《さいし》を行うよう、王命が出ている件、ご存じのことと思います。その祭祀の資料を送るようにと急使を出したのに連絡が途絶えているのです。おそらく、昨年の干ばつから一転して川の氾濫《はんらん》がつづいているせいだと思いますが……無理を言っていることは承知ですが、代書をお願いしたい」

青年官吏は依頼したいというわりに、夏月の噂を完全に信じているわけではなさそうだ。不信感は曇った表情に表れていた。それでも頼みに来たからには、切羽詰まった事情があるのだろう。代書は断らないという信条を掲げる身としては断りにくい。

「必ず届くという保証はできませんが……わかりました。可不可、用意してちょうだい」

夏月は可不可に筆や硯《すずり》などの仕事道具一式をいれた帳簞笥《ちょうだんす》を持ってこさせる。

「紙は普通の紙でいいですか？　宛先《あてさき》はどちらになりますでしょう……」

年頃の娘としては落第扱いされがちな夏月だが、文字を書くとなると、人が変わったように手際よく動く。背後に控えた可不可は、心得たとばかりに帳簞笥から竹簡や紙を出して文机《ふづくえ》に並べる。呼ばれて代書をすることも多いから、息が合った動きだ。

「天河《てんが》省、燕雲《えんうん》にある太学の国子祭酒――董《とう》博士宛に。秘書庫に天原国《てんげんこく》の祭祀にまつわる書物があれば、急いでこちらに送ってほしいと――そう書いてほしい」

洪緑水と名乗った官吏は、迷いなく行き先を述べる。幽鬼を相手にしているのと違い、書きつけをとる必要はなさそうだ。急ぎだと言うから、宛先は初めから清書した。

「天原国の祭祀……念のため確認させてください。これは命令書ではなく、おうかがいなのでしょうか？　命令なのか、こちらがへりくだってお願いするのか、親しい人相手なのかで文章が変わってきます。どちらがよりお客様のご希望に適《かな》いますでしょう？」

「面識がある相手で、これは王命だ。先に出した手紙が届いていないとしたら、もう日がない。手紙が届き次第、ほかのなにより急ぐように書いてほしい」

官吏の言葉に切実な気配を感じて、夏月の顔をしかめる。

「恐れながら、王命でしたら、もう一度、急使を立てたほうが早いのではありませんか？　それと、差出人の名前をお願いします」

問いかけながらも夏月は筆を止めずに、さらさらと文面を書きあげる。

「秘書省写本府長官、洪緑水だ。だから、その急使が手紙を届けられなかったから放つ矢を増やそうと思って頼んでいるのです」

「秘書省？　写本府というのは、秘書省の管轄なんですか？　秘書庫があるという……」

洪緑水の言葉に反応して、夏月は早口に訊《たず》ねていた。

「よく知っていますね、そのとおりです」

質問に気をよくしたらしい。洪長官は表情をやわらげて答えた。

「秘書庫に納める書物を書いているのが写本府なのです。もともと写本府は陛下のお声がかりで作られた部署で、今回も訳あって王命をいただいてますが……祭祀とこの手紙のことは内密にお願いします」

低く抑えられた言葉には、『内密』というだけの緊張感が漂っていたが、夏月の心はすでに秘書庫という言葉に舞いあがっていた。

(たくさん書物があるという秘書庫……石碑はあるのでしょうか、所蔵してあるのは紙の書物——琥珀国の書物だけ？　それとも……)

書を嗜《たしな》むだけあって、夏月は書物に目がない。特に書体がまったく違う古文経——いわゆる古文書が好きで、たくさん蒐集《しゅうしゅう》していた。読める読めないにかかわらず集めているから、仕事というより趣味の範疇《はんちゅう》と言える。

琥珀国の近隣にはいくつもの国があるが、国の文書の秘匿性を保つためだろう。このあたりでは、王朝が変わるたびに書体や文法を変えて記述するため、公式文書の書体を石碑にして残す風習がある。太学の博士や上級官吏といったかぎられた者だけが書体を理解し、解読できるように、石碑から拓本を作るのが常だった。

(秘書庫というからには、書体の拓本がたくさん納められているかもしれない……)

——見たい。どこの国の拓本があるのか……ものすごく見たい。

特に、歴史が長い天原国は、何人もの有名な書家がいた。伝説の書家の手蹟《しゅせき》による写本や書体の拓本は、国が滅亡したあとも人気が高い。そのせいか、天原国はどこかに碑林——たくさんの石碑を隠しているという伝説が真《まこと》しやかにあった。

「秘書庫に入ってみたい……」

ここが後宮で、紫賢妃と上級官吏を相手に話しているということも忘れて、欲望が口を衝《つ》いてでた。その瞬間、洪緑水のまなざしが獲物を見つけた捕食動物のように鋭くなったことに夏月は気づいていなかった。

「それなら、写本府に女官として勤めてみますか？　秘書庫に入る機会がありますよ」

「そうなんですか？　さきほど、『天原国の祭祀にまつわる書物』とおっしゃいましたが、秘書庫にはほかの国の書物もあるのですか？」

期待が高じるあまり、周りが見えなくなっていたのだろう。夏月は早口に質問していた。背後では、可不可が必死で夏月の袖を引いている。

「お嬢……お嬢。後宮で天原国の話はまずいですって……」

「あ、そうか……そうでした」

はっと我に返って手で口を覆えば、紫賢妃も苦笑いを浮かべている。

必要以上に手紙の内容に触れるのは代書屋としても問題があるが、それ以上に、琥珀国が滅ぼした国の名を、城内で軽々しく呟《つぶや》いてはいけない。

「夏月、そこまでになさい。急ぎの手紙だと言うのですから、まずは手紙を洪長官に渡して、仕事を終えるのが筋でしょう。もし、秘書省について知りたいなら、後日、また後宮に呼んであげます」

「はい……申し訳ありません」

姉から窘《たしな》められ、夏月は急いで手紙の内容をまとめた。墨が乾くのを待って内容を確

認してもらうと、

「では、代金はのちほど……女官の件もあらためて連絡します」

立ちあがった洪長官は、一緒にやってきた宦官《かんがん》をつれて慌ただしく去っていった。

どうやら、夏月と呑気《のんき》に雑談をする時間がないほど、切迫した用件だったらしい。

「秘書省と六儀府は、ときおり後宮の奥に出入りする部署なのです、それで夏月の噂を聞きつけたのでしょう。後宮の奥に古い霊廟《れいびょう》があり、近々、重要な祭祀があると陛下からうかがっています。その準備で奔走しているのでしょう」

後宮の事情に詳しくない夏月に、紫賢妃が補足をいれてくれる。

後宮入りした姉は国王の覚えがめでたく、その結果が藍家の権勢に繋《つな》がっている。父親の藍思影でさえ、その言動を無視できない、藍家の陰の実力者だった。話しながら、夏月の心がまだ『秘書庫』に惹《ひ》かれていることに気づいたのだろう。姉は夏月が持ってきた巾包《きんづつ》みを開いて、納品した写本を手に話題を変えた。

「私が頼んだ写本で無理をしなかった？　代書屋のほうはどうかしら……ちゃんとお客様からお代をいただいているの？」

「え、ええ……それはまぁ……その……」

急に話が変わっただけでなく、気まずい話題をふられて夏月は言いよどんだ。

「お嬢はあいかわらず、商売は駄目です。客から『お金がない』と言われれば代金は品物でいただくし、目を離せば、すぐに幽鬼の代書を引き受けているし……」

主《あるじ》の言葉にかぶせ気味に、可不可が勝手に答える。本来なら従者の振る舞いとしてはありえないが、夏月の話を聞きたいからと、内々の会見のときには紫賢妃が許していた。

「ふふふ……それでも、独り立ちするために商売を頑張っているのね」

やわらかな言葉遣いのなかに才気を感じさせる姉は、あいかわらず美しく、ふわりと雅《みやび》な香りが漂う。その香りを聞いて、不意に先日のことがよみがえった。

「琵琶《びわ》柄の襦裙《じゅくん》の……」

（あの幽鬼が纏《まと》っていたのと同じ香りだ――）

鮮やかな刺繍《ししゅう》が夏月の脳裡《のうり》によぎり、思わず呟いてしまったのが聞こえたのだろう。

「琵琶柄の襦裙とは……瑞側妃《ずいそくひ》のことでしょうか」

甲高い声に問いかけられ、夏月ははっと目を向ける。声を発したのは、まだ幼さが残る宦官の少年だ。目上の人から話しかけられなければ勝手に話してはいけないという後宮の規則は、この年頃の少年には難しいのだろう。とっさに反応したことを周りに窘められ、「申し訳ありません」と叩頭《こうとう》して謝っている。

しかし、夏月は違う意味で驚いていた。この宦官の反応からすると、琵琶柄の襦裙といえば、誰もが特定の人物を想起するほど知られた妃《きさき》がいるということだろう。件《くだん》の幽鬼は昨年の大量の死にまじってひっそりと殺されるような、名もない下級妃だと思っていたから、意外だった。

「もしかしてお姉様……いえ、紫賢妃もその方を……琵琶柄の襦裙の妃をご存じなのですか？　たとえば……そう、香をわけてあげたことがある、とか」

自分で口にしていながら、どきりとした。

（後宮でも昨年の夏はたくさんの死者が出ていたはず……そのときの死者だろうか？）

一見すると、このところの運京は平穏に見える。大路には人があふれ、商売人の羽振りもよさそうだ。しかし、それは表向きだけで、町人たちは昨年のことを忘れていない。

――『干ばつは天原国を滅ぼした呪いではないのか……』

泰廟《たいびょう》に参るとき、知人の家に位牌《いはい》を見つけたとき、そんな噂がよみがえり、澱《よど》みのように町のあちこちに蔓延《はびこ》る。大屋根の軒に吊《つる》された燈籠《とうろう》が落とす影を見ながら、夏月も昨夏の記憶を思いだしていた。

――昨年は不審死が多い年だった。

王都・運京の近くでは川が干上がり、干ばつと暑さが酷《ひど》かったせいだろう。昨日元気だったものが、翌朝、眠るようにして死んでいたとかで、次から次へと死体が道端に捨てられていた。ほかの国の呪いだとか、得体の知れない感染症だとも噂されていたが、真相は結局わかっていない。

死の光景が日常となっていたのは、後宮も同じだったらしい。亡くなった女官の数があまりにも多く、死亡通知を書くのが間に合わないからと、代書屋を開いている夏月にまで臨時雇いの声がかかるほどだった。

年が明けたころから運京は落ち着きをとりもどしたが、昨年の死の影はまだ町のあちこちに色濃く残っているのだろう。残された者は、自分も突然死ぬかもしれないと怯《おび》え、その不安のために故郷に手紙を出したいと『灰塵庵』へ頼みに来たものだった。

閉ざされた後宮に暮らす者たちは、より切実だったのだろう。死亡通知を弘頌殿の床に並べて乾かしているそばで、妃として後宮入りした姉が深いため息を吐いたのを、よく覚えている。

「本当に……こんなにたくさんの女官が亡くなった夏はなかったそうよ……夏月も体には気をつけなさい」

姉からいたわる言葉を聞くかたわら、夏月が考えていたのは全然、別のことだった。

――『木を隠すなら森、人を隠すなら人混みのなかに』

(死体を隠すなら、死体のなかに……だ)

書物の文言から連想された言葉が頭のなかで躍り、いつまでも離れなかった。

後宮というと、一度なかに入れば二度と出られない、女たちを閉じこめる厳重な鳥籠。そんな印象があるが、琥珀国における後宮は、王族の私的な空間というだけで、妃も女官もそこまで厳重に出入りを禁じられているわけではない。官吏と同じく、冠婚葬祭のための里下がりも比較的自由に許されている。

それでも、庶民にとっては不可侵の、なにがあるのかわからない場所ということに変わりはなく、厳重な城壁の奥の奥――後宮に入ったら殺されるか、あるいは死ぬまで出られないような、そんな怖ろしさをどうしても抱いてしまう。その閉塞感《へいそくかん》のために悪い噂はまたたくまに女官たちの間で広まるのだ。

（あの幽鬼がもし、後宮の妃なら……彼女は暑さや病で死んだのではなく、後宮で殺されたのだろうか？）

夏月が幽鬼の代書をしていることは姉も知っているのだから、数日前の出来事を素直に話せばいい。そう思うのに、後宮で亡くなった人の話題をするのは憚《はばか》られる気がして、はっきりと訊《たず》ねることができなかった。しかしそれは、夏月の杞憂《きゆう》だったようだ。

「ええ、そうね。香を瑞側妃に差しあげたのは、だいぶ前の話だけど……夏月、よくわかったわね」

紫賢妃の答えに夏月はどきりとした。自分の推測が確信に近づいてきたのを感じて、心が急《せ》いた。焦りが滲まないように、あえてゆったりと質問を返す。

「ええ、お姉様はよく気に入った方に香をわけていたので、もしかしてと思っただけでございます……その、大変失礼なことをおうかがいしますが……その瑞側妃はいまも後宮においでの方なのですか？」

まさか『去年、亡くなったのですか？』とは聞けずに、夏月は遠回しに訊ねた。

（もし姉の知り合いなら、もう一通の手紙の宛先《あてさき》も、すぐにわかるかもしれない）

しかし、その期待はすぐに裏切られることになった。

「さきほど近くを通ったおりに燭明宮《しょくめいきゅう》から琵琶の音色が聞こえていたから、いると思うけど……そういえば、最近お会いしてないわね。袍子《ホウシ》はどう？」

今度は紫賢妃から話しかけたからだろう。袍子と呼ばれた少年宦官はほっとした顔で返事をした。

「私は昨日お話ししました。同郷のよしみでよく気にかけていただいており……今日も宮におられると思います。もし必要とあれば、声をかけてまいりましょうか？」

「同郷というのは……もしかして、楽鳴省護鼓村？」

琵琶を弾いていたという話を聞いて、思わず質問を重ねていた。

──『みんな芸を仕込まれたあとは村を出されるんです』

幽鬼の言葉がふっと耳の奥によみがえる。

「はい。よくおわかりですね」

「ええ、楽器の演奏で有名ですし、それで琵琶柄の襦裙を好まれているのですね……」

どきどきと嫌な冷たさを伴って、鼓動が速まっていく。

(そんな偶然があるのだろうか。しかし、瑞側妃という人は生きている……つまりあの幽鬼とは別人ということ？　でも……)

名の知られた妃が死んだなら、妬《ねた》みと死の恐怖を紛らわせるのとを兼ねて、後宮では虚実入りまじった噂が囁《ささや》かれたはずだ。古来、処刑を公開してきた国が絶えないのは、刑の見せしめとともに一種の見世物だったからだ。嫌な話だが、人の死というのは、いつの世でも生者にとっては娯楽に等しいところがある。

一方で、存在すら公に知られず、ひっそりと生きてきた者の死は、やはり静かなものだ。妃嬪《ひひん》たちでさえ、下級の妃ともなれば同じだ。国王から望まれたのか、政治的な目的かの違いがあっても、入宮してそのまま忘れられた妃など無数にいるはずだ。忘れられ、後宮からいなくなっても誰の口の端にものぼらないような妃が。

死の穢《けが》れを嫌がるからだろう。ひそやかな死というのは、後宮のような場所では外に伝わりにくい。だから昨年のように死者が多いときには、帳面から零《こぼ》れた死者がきっといるはずだ。普段からあまり人と会わない生活をしており、そのまま死んでいても気づかれないような死者が。

(あの幽鬼はそんな妃のひとりだったと思っていたのに……)

違ったのだろうか。それとも、知られていないだけで、同じように琵琶柄の襦裙を纏《まと》い、同じ楽鳴省護鼓村出身の妃がもうひとりいるのだろうか。それとも——。

夏月がしばらく死んでいたうちに、宛先がわかっているほうの手紙は可不可が藍家ゆかりの商人に頼んで出してくれていた。楽鳴省護鼓村は運京との行き来が多いらしく、手紙はすぐに届くはずだと聞かされている。

(宛先のひとつ——莫容雲のほうから幽鬼のことを探ってみようか……しかし、相手がわからないもうひとつの宛先は黒曜禁城なのだし、まったく後宮と関わりのない人間が宣紙を使って手紙を出してほしいなどと言うだろうか？)

さまざまな推測が夏月の頭のなかで形になっては泡のように消え、また頭の片隅にこびりつく。いつまでも消えないそれは、最後には、

――幽鬼の客はやはり後宮の人間ではないだろうか。

そんな考えに帰結する。真相はわからないし、そもそも代書屋としての本分を超えている。しかし、袍子の返事に衝撃を受けつつも、夏月は自分の推測を捨てきれずにいた。

「夏月？　瑞側妃に用があるのなら、呼んでもいいのよ？」

そう言われても、瑞側妃が生きているなら、会ったところで夏月のことを知らないはずだ。まさか殺された幽鬼と知り合いですかとも聞けない。いくら夏月が外聞を気にしないと言っても、さすがに正気を疑われるだろう。

「いいえ、お気遣いに感謝します、紫賢妃。それより、ほかに代書のご用はございませんか？　わたしが代書をした手紙に、『必ず届く』なんて力はありませんが」

釘《くぎ》を刺すように夏月が言ったのがおかしかったのだろう。姉は扇で口元を隠して笑う。

「まぁ、夏月……もちろん、わかっていますとも。では、陛下にお手紙を書いていただこうかしら……この間の、春の詩と絡めた手紙をとても褒めていただいたのよ」

ようやく本来の目的だった姉との歓談ができたものの、夏月の頭のなかは、幽鬼の謎と秘書庫が見たいという欲望とが渦巻いて、いつまでも落ち着かなかった。

第二章　出世の見込みのない女官はじめました

〈一〉

（まさかこんな形で訪れるとは思ってもみなかった……）

いつになく緊張した面持ちで、夏月《かげつ》は黒曜禁城《こくようきんじょう》の門をくぐった。

秘書庫の存在を聞かされたとき、夏月はどれほど憧《あこが》れをつのらせただろう。この世のありとあらゆる知識を書物にしたため納めた倉――それが秘書庫で、なかには夏月が一生かかっても読みきれないほどの書物が納められているのだという。

秘書省――王家図書館というのは、琥珀国のなかには四ヵ所ある。

歴史年鑑などの重要な書物は、四冊の同じ本を四つの文倉――秘書庫に納めて、万が一、どこかの図書館が火災にあった場合でも、内容が失われないように配慮されている。

一般に公開することが目的ではなく、国のために知識を蓄えるのが秘書省の役割だ。

そのくらい、書物というのは、黄金や珍かな薬と同じく貴重品扱いをされていた。

王権は神から託されたものであり、だから国主が神事をとりしきる。

知識というのは神から託された神秘であり、神秘をたくさん所持するからこそ、その王権は強いと見なされる。秘書庫に納められるのはその名が示すとおり、秘書——秘された書物なのだ。

その貴重な四つの写本を作るために、王のお声がかりで秘書省付きの写本府という部署が作られた。王直属の機関という、大変ありがたいお墨付きをいただく一方で、国家機密をとりあつかう部署という秘匿性のため、外部の部署とのやりとりが制限され、人との関わりは少ないという問題があった。

つまり、要職に就くお偉い方々に顔を覚えてもらえる機会はなく、刑部のように犯罪人をとりしまったり、兵部のように戦で手柄を挙げたりして、褒賞をもらうこともない。そういった現世御利益にあずかりにくいという理由から、写本府は人気がなかった。有能な官吏からは避けられ、女官が集まりにくい部署として悪名をはせている。

そんなこととは知らずに、夏月は門衛から誰何《すいか》され、手にしていた紹介状を見せた。

「秘書省写本府長官の紹介ですね」

「はい。これが令牌《れいはい》です」

紹介状とは別に手に収まるくらいの命令札を見せる。事前に渡された令牌は通行証代わりで、写本府長官から女官を拝命されたという証《あかし》でもあった。偽造されないようにだろう、凝った細工が施されている。この令牌と一緒に女官服も送られてきた。

先日、写本府長官の洪緑水《こうりょくすい》と会ったとき、秘書庫の話をきっかけに『写本府に女官として勤めてみますか』と誘われたのは半ば社交辞令だと思っていたが、どうやら本気だったらしい。後日、藍《らん》家本家に代書の支払いとともに女官勤めの話が来て、夏月のほうが驚いてしまった。本家に呼びだされて話をよくよく聞けば、どうやら父親は早く結婚しろという説教のせいで夏月が自死したと思っていたようだ。

「死ぬほど結婚が嫌なら、おまえの好きにしなさい」

などと泣きながら言われて驚いたが、夏月としては願ってもない。

「では、お父様。わたし、しばらく女官として黒曜禁城に勤めに上がります」

そう宣言して、急な出仕が決まったのだった。父親の盛大な誤解はあまりにも夏月に都合がよく、うまく行きすぎて不安になるほどだったが、あとになって気づいた。

――『現世の城で調べたいことがあったのだ。おまえの運命に働きかけてやろう。城へ行き、私の手伝いをするというなら、地上へよみがえらせてやる』

泰山府君《たいざんふくん》はそう言っていたのだ。

(これが運命を司《つかさど》る泰山府君の力か……)

つまり、この出仕した先に、あの神の調べたいことがあるのだろう。

髪には泰山府君からもらった簪《かんざし》を挿して来た。華美な装飾品はよくないかもと迷ったが、いまのところ注意されていない。なにせ神からの贈り物だ。挿していても気に留められない術でもかかっているのかもしれないと気にしないことにした。

琥珀国《こはくこく》の王城──黒曜禁城は、運京《うんけい》の中心となる大路の先、二重楼閣を持つ城門の奥に広がっていた。城壁に囲まれた城には巨大な城門だけでなく、見張り用の櫓《やぐら》も無数に立ち、運京のあちこちから見えるが、庶民の大半は眺めるだけで用はない。紫賢妃《しけんひ》のいる後宮はともかく、夏月も外廷の区画に入るのは、ずいぶん久しぶりのことだった。

幾人もの官吏が行きかう通路を通りぬけ、手紙で指図されたとおりに外廷の東側の門に向かう。新しい女官が来ると通達されていたのだろう。手紙と令牌を見せると、門衛は奥に人をやり、しばらくすると洪緑水と文官らしき袍《ほう》を纏《まと》った官吏がやってきた。

「ようこそ、藍夏月嬢。先日は急な頼みを聞いてもらい、助かりました。写本府長官の洪緑水です。うちはいつも人手不足なので、来てくれてよかった」

「そ、そうですか。こちらこそ、代書の代金と女官のお誘い、ありがとうございました」

長官自ら迎えに来るという思わぬ歓迎ぶりに驚いた。心なしか、言葉遣いも丁寧だ。夏月はあわてて揖礼《ゆうれい》──立ったまま手に手を重ねて、軽く頭を下げた。

あらためて見ると、洪緑水は官吏の袍がよく似合う。凜々《りり》しく整った顔立ちにすらりとした体軀《たいく》を際立たせて、そこに立つだけでまるで一幅の絵画のように人目を引いていた。もうひとりは桑弘羊《そうこうよう》という名で、洪緑水の部下なのだと言う。無精髭《ぶしょうひげ》を生やしているが、こちらも顔立ちは若い。如才ない笑みを浮かべた洪長官とは対照的に不機嫌そうな顔で夏月に挨拶《あいさつ》した。

「正直に言いますと、藍家の令嬢に女官をやらないかなんて、藍大人《たいじん》から怒りの返信をいただいても仕方ないと思っておりましたので……詳しくは写本府に着いてから話しましょうか。こちらへどうぞ」

洪長官はそう言って先に立ち、歩きはじめた。失礼ながら、役人というと縁故採用ばかりで実務に不安を感じさせる人が多いという先入観を夏月は抱いていた。しかし、目の前の青年はどうも違う雰囲気だ。整った顔立ちを温和に見せているが、その温和さに似合わぬ鋭いまなざしをする瞬間があるのを夏月は見逃さなかった。

(こんな美形がいるのなら、この人が『手伝ってください』とお願いすれば、いくらでも手を挙げる女性がいそうですけど……)

――どうして人手不足なのだろう。

首を傾げながらも何度か角を曲がり、築地塀《ついじ》に囲まれた通路を進む。やがて、先を行く洪長官が、夏月を招くように屋根付きの門の前に立った。

「さぁ、着きましたよ」

「ここが……秘書省写本府……?」

夏月は扁額《へんがく》を見上げて、茫然《ぼうぜん》と呟《つぶや》いた。漠然と想像していた秘書省とは違う。本家にある書物用の文倉に似て、天井近くまで造りつけられた棚にびっしりと書物が積まれ、過去の琥珀国に起きた事象の一覧や薬草や動物についての本が、区分されてずらりと並んでいるような場所を思い描いていた夏月は、裏切られた気分だった。

夏月の目の前にあるのは扁額の文字こそ立派だが、ごくごくありふれた官衙《かんが》だ。

城壁際に建つ、どこからさびれた雰囲気の二階建てで、奥まった場所にあるからだろうか特に門衛も立っていない。建物のなかに入れば、雑然とした作業場という印象の部屋が広がっていた。書物はあるが、棚にわずかに並んでいるだけで、格言や対聯《ついれん》などの書もない。夏月の蔵書に及ばないどころか、『灰塵庵《かいじんあん》』に見本で置いてある書物の数にさえ負けそうだ。

思っていたのと違う場所に連れてこられたという、夏月のとまどいを察知したのだろう。洪緑水は別室に夏月を招きいれ、穏やかな口調で夏月の誤解を解く。

「ここは写本府の主な作業をする場所です。秘書省というと文倉を想像する者が多いが、通常、写本府と言えば、ここを言います。秘書庫は内廷——後宮の奥にありますので。一定以上、写本が進んだら秘書庫に納めに行くのです。そのときに男ばかりだと問題がありまして……文字の読み書きができる女官を探していたのです」

案内された部屋は、どうやら長官室らしい。洪緑水は、書類が重なった机の前に座り、いかにも上司らしく、「質問があればどうぞ」と顎《あご》の下で手を組んだ。夏月が口を開くより先に、不機嫌そうな桑弘羊の声が割って入る。

「しかし、洪長官。女官は雇ってもすぐ辞めてしまう。どうせこの娘も結婚相手を探しに来たんでしょう？　腰かけの女官に教えるくらいなら宦官《かんがん》を雇うほうがいいってお願いしたじゃないですか。俺はもう仕事を教えませんよ」

そう言うなり、無精髭の男は乱暴に扉を開閉して部屋を出ていってしまった。

いきなり存在を否定された夏月は、驚くとともに洪長官の顔色をうかがう。

（……どういうことでしょう、これは）

言葉にしなくても、夏月の顔に書いてあったのだろう。「あー……」と濁すような声を漏らして、洪緑水が説明する。

「先日、女官が結婚退職したばかりなんですよ。しかも、ほかの部署の役人と恋仲になったものだから、みんな殺気だっていて……せっかく来てもらったのに申し訳ない」

「いえ、代書屋をしていて邪険にされるのには慣れてますから……しかし、部下は宦官がいいと言ってるのに、なぜわざわざわたしに女官をやらないかと声をかけたのです？」

夏月の言葉を受けた洪緑水は、机の上の文箱から手紙を出して広げてみせる。

「代書をお願いした手紙の返事が来ました」

やけに真剣な顔で言われ、どきりと心臓が嫌な冷たさを伴って響く。

「先に申しあげておきますが……わたしの書いた手紙がよく届くというのは、姉の考えた宣伝文句と言いますか、いわゆる方便であって、ただの偶然です」

「偶然もつづけば必然になりますが……それはこの際、置いておきましょう。後宮で会ったときにお話ししましたが、大きな祭祀《さいし》が予定されており、いま忙しい時期でして……一時的にでも手伝ってもらえると助かるのです。それに、夏月嬢は天原国の書物に興味があるようでしたし」

含みのある物言いをされて、夏月は一瞬言葉に詰まった。今日は気が利く可不可《かふか》がいない。うかつに口に開いたら、また失態を見せてしまいそうだ。

「確か……『天原国《てんげんこく》の祭祀にまつわる書物』をとりよせたいという手紙でしたね。仮にも書を嗜《たしな》む者なら、天原国の書に興味があって当然じゃないでしょうか」

夏月は半ば開きなおって答えた。

「なにせ、運京は……もともと天原国の王都だったのですから」

滅ぼした国の王族や高官を処刑し、石碑から国の名を削ったとしても、その国が流した汗を、泥に染みついた祖霊の血肉を、運京という城市は忘れていない。天原国のすばらしい書も文化も色濃く残っている。だから、琥珀国ではいまだに、

——『干ばつは天原国を滅ぼした呪いではないのか……』

などという噂がことあるごとに流れるのだ。

「そのとおり……かつて運京は天原国の王都で、黒曜禁城はその王城でした」

夏月が言おうか迷ったことを、洪緑水はするすると口にする。

（そう、琥珀国の近辺にはいくつもの小さな国があるが、それらはみな同じ国に源を発している……）

——天原国。百二十年前、琥珀国が倒した王朝である。

かつて中原《ちゅうげん》は天原国の圧倒的な支配に置かれていた。高度な文化が花開き、城市がいくつも開かれたのは、天原国の統治力あってのこと。なかでも、天原国の力を決定づけたのが、六聖公と言われる高官の存在だった。

「彼らは天原国の規範となる律令や理論をはじめとして、百科に及ぶ本草、動物、土木工造や機巧《からくり》にいたるまで、ありとあらゆることを書物に認めたと言われています。しかしいま、琥珀国に残るのは主に律令と官僚制度で、書物の大半は失われてしまいました」

「……焚書《ふんしょ》」

「はい。太宗——当時の琥珀国王は自分たちが倒した国を畏《おそ》れ、その書物を燃やすことで彼らの力を封じこめられると信じた。天原国の書物こそが天原国の力の源で、倒しても倒してもよみがえる亡霊のように思えたのでしょう……残念なことに焚書のせいで、かの国の高度な知識は大半が失われてしまったのです」

何度聞いても胸が痛い話だが、運京に住む者なら誰でも知っている。

琥珀国の国王がいくら書物を燃やし、滅ぼした国の名を絶やそうとしても、崖《がけ》に刻まれた文字を、園林の奥に刻まれた石碑をすべて葬りさることはできなかった。城市に暮らす人々は表向きは琥珀国に恭順を示しながら、いまも冷ややかに新たな支配者を値踏みしているのだ。

「昨年の夏は酷暑に干ばつと天災がつづき、運京の市中をはじめ、後宮でもたくさんの人が死にました。それを天原国の呪いだと言う者がいて、陛下は大変気にしておられる」

洪緑水の説明に夏月はうなずいた。王権というのは神から与えられた権利だ。いまの国王にしてみれば、悪評は自分に神意がないと見なされているのと同じなのだろう。どうにかして噂を消し、国の権威を高めたいと思っても不思議はなかった。

「つまり『天原国の呪いだというなら鎮めなければならない』――そう陛下は宣《のたま》い、祭祀を行うことになった。しかし、その祭祀は十二年に一度しか行われない鎮霊祭で、誰も詳細がわからないのだとか……祭祀を担当する六儀府が古い文献を探したが断片的にしか見つからず、秘書省に泣きついてきたのです」

思っていたよりも話が大事《おおごと》になっていると、夏月は一瞬、逃げだしたくなった。黒曜禁城で滅亡した国の書物に関わるなんて、危険な気配しかしない。それでいて、秘書庫も天原国の書物も、夏月は見たくて見たくて仕方なかった。しかも、夏月の心を見透かすように洪緑水が誘いかけてくるから、心はどうしたって揺れてしまう。

「夏月嬢にはその祭祀の手伝いをしてほしいと思いまして……」

「手伝いですか……」

（したい。天原国の書物が見たい。この若さで死にたくないけど、でも。もしかすると、この話は泰山府君の手伝いと関係があるかもしれない……）

琥珀国の王も怖いが、生殺与奪の権を握る神はもっと怖い。すぐに冥籍《めいせき》をやると言われるくらいなら、現実であがくほうがまだ生きぬける見込みがある。泰山府君との約束を破れない以上、危険を承知で女官勤めをつづけるしか選択肢はない。自分自身にそんな言い訳をしていたが、実際はただ天原国の書物が見たいだけだった。

「あの、質問なのですが、黒曜禁城に出入りする女官は採用試験があったと思います。こんなに簡単にわたしを雇っていいのですか？」

洪長官の提案に乗りたい気持ちは山々だが、不安は拭《ぬぐ》いきれなかった。

(もし、わたしになにか下心があって女官になろうとしていたらどうするのだろう……)

他人事《ひとごと》ながら心配になった。上司となった青年を試す意味もあったのに、洪緑水はあっさりと笑い飛ばしてくれた。

「ははは……藍家という後ろ盾がある夏月嬢なら問題ないでしょう。それに、試験を通った女官だけでは足りないときのために、身元が確かな者を員外で雇うのは、どこの部署でも長の権限で認められているのですよ」

「なるほど……員外――臨時採用の女官ですか」

確かに身元がはっきりとした親戚《しんせき》筋の人間なら、安全だろう。親兄弟の人となりを知っていて家族もよく知っているから、盗みを働くような問題が起きにくい。夏月もそうだ。藍家の人間だと知られているのだから、家名に傷つくような行動は起こさないと思われているのだろう。家の名前というのは、それだけ有力な後ろ盾なのだ。

(それを見込んで雇われたということでしょうか……)

おそらく、洪緑水という青年は、整った見た目からは想像できないしたたかさをあわせもっているのだろう。

「納得していただけたなら、夏月嬢。ほかの役人を紹介しましょうか」

立ちあがった洪緑水は夏月についてくるように手招きした。名前を呼ばれて、夏月はよほどげんなりした顔をしていたのだろう。洪緑水は扉のところで目を丸くしている。

「その夏月嬢と言うのはやめてください」

きっぱりと夏月は釘《くぎ》を刺した。女官として勤めるにあたって、夏月はひとつだけ条件を出した。それは、夏月が藍家の人間だと知られないようにしてほしいというものだ。

夏月の父親・藍思影《しえい》が出世したのは、藍家が琥珀国では名門の一族だからだ。手広く商売をしていて金もあり、娘は国王の寵妃《ちょうひ》でさえある。藍夏月という名前を名乗れば、派閥争いに詳しい者ほど、夏月の実家のことを見抜いてしまうだろう。

（わたし自身になんの力もなくても、藍一族だと知られれば、面倒ごとを引きよせるかもしれない）

そう考えて、ここでは『藍夏月』ではなく、『夏女官』と呼んでもらうようにお願いしていた。

「これは失礼。夏女官。しかし、私にそんな顔をする女性は滅多にいないもので」

丁寧な口調を、上司らしく偉そうに転じた洪長官は、くつくつと整った顔をほころばせる。その容貌を見て、そうでしょうともと夏月は心のなかで納得していた。

（女官の勧誘というか、体よく騙《だま》されたのでしょうか……）

そんな考えがちらりと頭をよぎる。たまさか、字を書ける娘の話を聞いたから、自分の職場で働かないかと声をかけるのはいい。そういう偶然の縁が就職に繋《つな》がるのはよくあることだし、人手不足の部署ならなおさら、都合のよさそうな人物に声をかけずにいられなかったのだろう。

しかし、いくら閑職とはいえ、ひとつの部署の長官になるにしては、洪緑水は若い。正確に年齢を聞いたわけではないが、肌の艶《つや》や立ち居振る舞いからして、二十代の青年に見えた。それでいて物腰が穏やかで、年寄りめいた気配を見せる瞬間がある。ほんのわずか話しただけだが、見た目だけで判断しきれない、なにか訝《いぶか》しみたくなる雰囲気を漂わせる人だった。

もっとも、顔立ちのよさだけは夏月も認めていたから、多少のうさんくささは、その顔に騙されて相殺されてしまうのかもしれない。夏月はむっとした顔で、まだ笑いが収まらない洪緑水のあとについて長官室を出ていった。

天井が高い建物は明かりとりのために天窓が開いており、春の眠たげな風がときおり吹きこんでいた。文鎮を置きかえる、かたんかたんという硬質な音。紙がめくれるときの、ぱらりぱらりという独特の音が響く空間は、官衙というより、職人たちの作業場を思わせる。しかし、作業机に座った役人の大半は、まだ朝だというのにおしゃべりをしたり居眠りをしていたりと、やる気がなさそうだ。

(洪長官はいま忙しいと言っていた気がするけど……どういうこと?)

疑問に思いながらも、夏月は作業机の上から見える頭の数を数える。

(ひとり、ふたり、三人、四人、五人、六人……思っていたより多い)

官吏はみな頭に黒い巾《きん》をつけて髪を結っているから、数えやすい。見える範囲だけで十人が数えられたが、ほかにも役人がいるのだろう。机はまだあまっていた。思っていたより大所帯だ。作業用の大きな卓子に近づいたところで、洪長官が手を叩《たた》いて注意を引く。卓子の前に座していた役人がはっと一斉に顔を上げた。

「こちらは員外で写本府に勤めてくれることになった夏女官だ。主に後宮での手伝いをしてもらう予定だが、雑用もこなしてもらう。顔を覚えておくように」

「よろしくお願いします」

頭を下げる夏月に、ちっという舌打ちが響く。

「結局雇うんですか……もう女官なんていりませんって言ったのに」

まっさきに口を開いたのは、さきほど顔を合わせた桑弘羊という部下だ。

「どうせ、この娘も婿探しに来たんでしょうよ。良良《りょうりょう》だって六儀府の役人を捕まえて辞めたじゃないですか」

「雑用なら当番制でやってますし、後宮は宦官《かんがん》に任せればいいでしょう」

思いもかけない大歓迎を受けて、さすがの夏月も顔をしかめた。

（代書屋をしてて門前で追いはらわれたのと比べれば、まだ穏便なほうだけど……）

夏月は冷めた目で役人たちの様子をうかがう。気怠《けだる》そうな雰囲気から察するに、出世を目指して仕事を生きがいにする有能官吏という感じではない。

（お父様から聞いたことがある……科挙に受かったが家格が低く、伝《つて》も金もない人ばかりを集めた部署があるって……）

夏月はようやく写本府というのがどういう場所なのかに気づいた。

科挙というのは試験による官吏の登用制度だが、万能ではない。同じ試験に受かっても、より血筋がいい者が重用されたり、賄賂《わいろ》で職を買う者がいたりと弊害があり、地方からやってきた貧乏な青年などは出世の道が閉ざされていた。

科挙に首席で合格するほどの抜きんでた優秀さがあれば、また別かもしれない。しかし、華やかな職がある一方で、国の運営に必要であっても日の当たらない職というのは、どうしても生じる。ようするに彼らは『名もなき官吏』なのだろう。

(この人たちもわたしと同じなのかも……)

自分の思うように生きられず、言いたいことを呑《の》みこむうちに無為に過ごしてしまう。そんなことを考えたせいだろう。冥府でのやりとりを思いだしてしまった。

(この役人からの反発さえ、泰山府君が働きかけた運命なのでしょうか。あの神が言う『現世の城で調べたいこと』は秘書庫にある……とか?)

手伝いをしろと言うからには、もう少しちゃんと指示をしてくれればいいのにと思ったが、あの傲岸不遜《ごうがんふそん》な神にいちいち指図されるのも大変そうだ。

(ひとまず、目的がはっきりするまでは女官として真面目に働いておきましょうか)

黄泉《よみ》がえりの代償だと思えば、多少の不愉快さは仕方ないと思えた。こういうのは生きているからこそ味わえる感情だ。

――『死にたくないと言うわりに、やはり現世では世捨て人のように生きているだけではないか』

泰山府君の言葉を思いだすたびに、違うと叫ぶ自分がいる。

（それとも、なにも変わらなかっただろうか。『灰塵庵』に引きこもり、ただ幽鬼を待つだけでは……）

物思いに沈みそうになっていた夏月に、洪長官は棚から竹簡を手にして持たせた。

「雇った女官たちが次々と短期間で辞めてしまうので、みな苛《いら》ついていて……申し訳ない。今日のところは私の手伝いをしてもらう」

†　†　†

外廷の写本府を出て、洪長官に連れていかれたのは後宮だった。

「先日ここで会ったばかりなので知ってると思うが、ここが弘頌殿だ」

内廷に入り、白塗りの壁にくりぬかれた洞門を通りぬけた先に、大屋根を持つ殿宇が聳《そび》える。後宮のなかでも門から入ってもっとも手前にある建物で、迎賓館のような役目を担っている建物なのだという。

黒曜禁城の城壁のなかは、そもそも大きくふたつに分かれている。

行政機関がある外廷に対して、国王が朝議を行う大殿から後ろの区画、王族の私的な生活の場所は内廷――一般に後宮と呼ばれていた。

城市でさえ堅固な城壁に囲われた琥珀国の王都のなかでも、さらに厳重に守られているのが、後宮という匣《はこ》のなかの匣だ。王妃以下、二百数名の妃嬪《ひひん》だけでなく、二千名近い女官、それに数百人いる宦官が後宮で暮らしている。弘頌殿はいわば夢と現《うつつ》の境目として、後宮を交えた宴《うたげ》が開かれたり、出入りの商人が品物を持って訪れたりする場所だ。ここは後宮にあって、もっとも外に向かって開かれた建物だと言えた。

外廷から後宮に入ると、わずかに息苦しさを感じてしまうのはなぜなのだろう。夏月の心が重くなったのを見透かすように、ちりん、と簪《かんざし》が涼やかな音を立てた。

(泰山府君からもらった簪……?)

――ここに泰山府君が知りたいなにかがあるのだろうか。

それとも、危機が迫っているから気をつけろということだろうか。凶相が出ているなどと言われたことを思いだして、ぎゅっと拳《こぶし》を握る。案内されて宴会用の板敷きの間に入ると、宦官の手伝いを頼んでいたらしい。扉はすでに開けはなたれていた。庭から射しこむ光が眩《まぶ》しい一方で、黒光りした床は陰となり、真昼だというのに真っ暗だ。

「実はわたし、去年も弘頌殿に来ています」

「ほう……それは紫賢妃に会いに来たのではなく?」

「そうではなくて、代書屋の仕事で――死亡通知を書く手伝いとして呼ばれたのです」

「去年の……災禍のときか」

洪長官は意外そうに目を瞠《みは》る。後宮にまつわる手伝いを夏月がしていて驚いたというより、なにかほかに理由がありそうだが、夏月はあえて深く訊《たず》ねなかった。

代書屋というのは字の読み書きに関するなんでも屋だ。女の代書屋だから、人手が足りないときに後宮で仕事をさせるのに都合がよかったのだろう。姉の紫賢妃の口利きで女官の手紙を書くための代書屋を開いていた縁もあり、夏月が呼ばれたのだった。柱が立ちならぶ広間を懐かしく眺めていると、隅のほうに山と積まれた巻物を指さされる。

「発掘された巻物と、先日、ほかの秘書庫から届けてもらった巻物だ。古いものばかりなので、広間全体を使って丁寧に巻物を広げるように」

お、と夏月は表情を変えた。

「虫干しをするのですね。そういうことならお任せください」

書物好きとして、虫干しは書かせない作業だ。自慢ではないが、書物の扱いなら慣れている。無造作に置かれた包みから巻物を出し、中身を確認しながら順番に並べはじめた。写本府で『女官などいらない』と言われたときはどうしようかと思ったが、こういう仕事ならつづけられそうだ。

（いやむしろ、虫干しなんて大歓迎……）

日陰の、よく風が当たる場所を選んで、ひとつ、またひとつと巻物を広げる。城の巻物なんて滅多に扱えるものではない。夏月は弾んだ手つきで巻物の留め紐《ひも》を解き、黒光りした床に広げていく。中身を読んではいけない――それは虫干しの鉄則でもある。読みはじめてしまったが最後、つづきが気になって中身に没頭してしまうからだ。

ちら、と夏月は文字を斜め読みした。弘頌殿の床に並べた巻物は、経年の傷みはあるものの、きちんと表装されているものばかりだ。いったいこれはなんの巻物だろうと興味をそそられてしまう。

ただの行政書簡にしては、やけに質のいい紙がまじっているのも気になっていた。見ないようにしていても、つい目が文字を拾ってしまう。そんな夏月の様子を洪緑水が観察していると気づく由もない。

(祭祀《さいし》……祝詞《のりと》でしょうか。それもひとつやふたつじゃない。こちらは夏の祭祀、こちらは秋の収穫を祝うもの……あ、でも違う内容のものもまじっているみたい)

次はなにが書かれているのだろうと巻物の山に手を伸ばしたところで、夏月はいつのまにか巻物が増えていることに気づいた。

「あれ？　もう終わりだと思ったのになぜ……」

新たに積みあがっている巻物を手に首をかしげていると、

「洪長官、六儀府の追加資料を持ってきましたよ」

そう言って、どこかで見た顔が入ってきて、はっと夏月は顔色を変えた。

(まさか、こんなところで会うなんて……)

見たことがあるはずだ。会食を遠慮したら婚約破棄したいと言ってきた夏月の婚約者だった。名前を朱銅印《しゅどういん》といい、六儀府の役人をしている。何度か顔を合わせていたから、向こうも夏月に気づいたのだろう。視線が合ったとたん、互いに顔が引きつった。

「藍夏月……なぜ弘頌殿にいる？　私が婚約破棄すると言ったら絶望して自死したとい

う噂を聞いたが、後宮の女官にでもなったのか？」

　まるで幽鬼を見たかのように渋い顔をされ、夏月としては心外だった。

「婚約破棄……そういえば、お父様がなにかおっしゃってましたね。均扇楼《きんせんろう》で女性とよく逢《あ》い引《び》きされてましたもんね。その方はもうご家族に紹介なさったんですか？」

　婚約破棄がすでに成立しているのかどうか、夏月は気にしていなかった。なにせ、このところ忙しかった。幽鬼が店に来たり、うかつに死んだりしていたから、もともと夏月にとって重要度の低い婚約者のことを気にかけている余裕がなかったのだ。

「おまえまさか、私が良良といるところを見ていたのか。それで自分はふられると思い、自死をしたと……藍夏月にも人間らしい心があったのだな」

「自分のことを棚に上げて、なにを馬鹿な……」

　なにを言っても朱銅印には無駄だ。自分に都合がいいようにしか、解釈してくれない。

（だからそういう、人の話を聞いてくれないところが嫌なんですよ……朱銅印様）

　父親からはしばらく夏月の好きにしていいと言われているのだし、この婚約者の誤解を解くのはあきらめよう。夏月のほうからも婚約を断ろうとしていたのだし、ほかに想い人がいるなら好きにすればいい。そう思っていたところ、

「ああ、夏月嬢、ちょうどよかった。さっきの……うちの女官がほかの部署の官吏と仲よくなって結婚退職した話を覚えてますか？　その相手がこの朱銅印ですよ」

　空気を読んだのか、読んでいないのか。わざとらしく夏月を令嬢扱いした洪長官の発

言で、あたりは一瞬、水を打ったように静かになった。

「なるほど……婚約者がいるのに、婚約破棄が成立する前に、ほかの女性に手を出して結婚の約束までしていたと……そういうことですか」

夏月としては、婚約者との会食を嫌がっていたくらいだ。父親から半ば強制されていた婚約で未練はない。しかし、それと婚約中の浮気は別ではないだろうか。ふつふつと湧いてきた怒りが、心のなかで経典の語句の形にとって変わる。

「可不可、筆と紙をちょうだい……っと」

つい、いつもの習慣で自分の従者に手を差しだしてから、違うと気づいた。

(そういえば、勤めに来たのだから、可不可はいないのだった)

自分で働きに出ておきながら、従者がいないのを淋《さび》しく思っていると、ぽん、と手の上に硯《すずり》を置かれる。

「なんだかわからないが、筆と紙ならこれを使うといい」

可不可の代わりに筆と紙を手渡してくれたのは洪緑水だった。訝《いぶか》しそうな顔をした夏月が、笑顔で座机まで運んでくるのは、どういうことなのか。長官自ら、にこにこと
「なにも書きませんよ」と硯をつきかえすと、

「いまなにか文字を書こうとしていたのでしょう？　いいではないですか。先日の代書は手紙として出してしまいましたし、もう一度、あなたの書の技がどれほどのものか、確認したいのです」

「つまり……女官試験ということですか」

「そう考えていただいて、さしつかえありません」

（この人は……腹のなかでなにを考えているのか読めない上司だ……）

にこにこと穏やかな笑みを浮かべているが、ことさら丁寧な口調で接してきたときの洪緑水は危険な気配がする。しかし、試験と言われればやるしかない。

「四患を放置すれば、国は滅ぶ……」

かつて覚えた法家の言葉を諳《そら》んじながら、すっ、と筆を走らせた。

――『偽私放奢』

紙いっぱいに大きな文字で書いて、朱銅印につきつける。

「四患とは、すなわち偽私放奢《ぎしほうしゃ》である。あなたのように自分の非を棚に上げ、他人を非難するような役人が増えれば国が滅びます。わたしに難癖つける前に、婚約者がいる身で浮気をするご自分の振る舞いを省みてはいかがですか？」

礼経に通じていないのだろう。きっぱりと言い放つ夏月とは対照的に、朱銅印は茫然《ぼうぜん》としていた。

「婚約破棄。もちろん結構です。ですが、それはあなたがほかの女と通じたせいであって、わたしとは一切関わりありません。そこのところを履きちがえないでください。もちろん、正式に藍家に申し出るのもあなたのほうからしてくださいね」

ここで夏月が承諾したから、それで婚約破棄が成立するわけではない。家と家とが決めた婚約なのだから、正式な手続きを踏んでもらわなければ困る。

「なるほど……『偽私放奢』に『シカン』──『四患』を説く娘とは……面白い」

婚約者に気をとられているうちに、『偽私放奢』と書いた紙を手にとり、洪緑水が興味深そうに眺めていることに夏月は気づいてもいなかった。朱銅印は朱銅印で夏月がつきつけた書の内容そのものより、理解できないことが気まずかったのだろう。

「おまえとの縁もこれまでだからな！」

そんな捨て台詞《ぜりふ》を吐いて弘頌殿を出ていった。

「お見事です」

ぱちぱちぱち……と拍手が大広間に響きわたって初めて、上司の前で醜態を演じたことに夏月は気づいた。洪緑水はにこにことやけに機嫌のよさそうな笑みを浮かべて、夏月の書いた紙を掲げている。

「朱銅印のことを国を滅ぼす『四患』の『偽私放奢』だと評するとは……実に面白い。知っていますか、藍夏月嬢？　琥珀国の官吏心得には『四患』も『偽私放奢』も書かれていません。これはこの国の書物にはない考えなのです」

心の裡《うち》で、どきり、と嫌な冷たさで心臓が跳ねた。

──『お嬢……お嬢。後宮で天原国の話はまずいですって……』

可不可から注意されたときの記憶が頭をよぎった。今日はうかつな夏月を窘《たしな》めてくれる従者はいない。夏月が動揺している間に、すっと目を眇《すが》めた洪長官が近づいてきて、冷たい汗が首筋に滲んだ。

(もう少し、言動に気をつけるべきだった……)

知識というのは、ときとして身を滅ぼすことを夏月は知っている。元婚約者はあまり書物を読まない人だから油断していた。内心では自分のあさはかさを悔やみながらも、夏月は平静をよそおった。

「琥珀国の書物にはない……そうですか。実は代書屋をしていると、生きた客にまじって幽鬼の客が来ることがあるのです。琥珀国にはない知識なら、昔、亡くなった幽鬼から聞いたのかもしれませんね……なにせ、ここは百二十年より前は違う国だったわけで、天原国の幽鬼が現れることもありますから」

なぜか夏月と洪緑水の間で見えない火花が散っていた。

(変な疑いをもたれて、お姉様に迷惑をかけるわけにはいかない……)

夏月の言葉をどれくらい信じたのだろう。洪長官はまた一歩近づいて、夏月は後ずさりした。いつのまにか壁際に追い詰められていて、もう逃げ場がなかった。

「それはすごい。もし、あなたが本当に天原国の幽鬼と話せて、彼《か》の国の知識を得られるというなら、私にとってはそれで十分価値がある――しかも、夏月嬢。さっきから見ていましたが、あなたは天原国の書物が読めるのでしょう?」

「え?」

不意を衝《つ》かれ、そこでうまく立ち回れるような娘だったら、父親やその嫡母ともっとうまくやれたのだろう。しかし、夏月は思わず、自分が並べていた巻物を見てしまった。

祭祀《さいし》用の経文は一部が石碑から写した拓本で、ひどく風変わりな書体だ。文字だということはわかるが、いまのままでは暗号と等しく、普通の代書屋では読めないはずだ。専門の学者でさえ、詩経などのまったく同じ内容を、いくつもの国の文字、いくつもの書体で書いた碑文を使わないと解読できないだろう。

——その読めないはずの文字を読んでしまっていた。

巻物に興味を引かれるあまり、不審な挙動をしたことに気づいて血の気が失せる。

「いえ、まさか。表題をどこかで目にしたことがあるくらいで……読めるなんてそんな。あっ、洪長官、ひとつ巻物が転がっていますよ」

とりつくろうように暗がりに転がっていた巻物を手にとる。しかし、それがまた、天原国の巻物だったものだから、仕組まれた罠《わな》だったのだろうかと夏月の心臓は飛び跳ねた。目線の動きで文字を読んだとわかったのだろう。

「ほら、やはり読めるのではありませんか。誰に教えられた知識なのですか？」

また強く迫られてしまった。こういうときの洪緑水は、人当たりがいいいつもの姿とは別人のようだ。鬼気迫るとでも言うのだろうか。妙に威圧感を放っている。

（それとも、さっきまでの顔が偽りで、こちらの顔が本当の姿なのだろうか）

書物に夢中になると、周りが見えなくなるのは夏月の悪い癖だ。気をつけようと思っていても、好物をぶら下げられると、つい我を忘れてしまう。もう逃げ場がないと進退きわまった瞬間、また簪《かんざし》がかすかな音を立てた。

(早く後宮を探れという合図なのだろうか……それとも、危機に陥ったなら助けてくれるということ?)

冥府《めいふ》の神の言葉を思いだして一瞬迷ったが、これは生命の危機とは言えないだろう。しかし、簪のおかげで夏月は少し冷静になれた。

「誰と言われましても……代書をやるすがら教えてもらった知識なのだと思います。いつ誰に教えてもらったのか、記憶にございません」

するすると嘘を吐いたが、いくらかは事実だ。天原国の書物を焼かれたからといって、すべてがすぐに失われたわけではないし、口承で伝わった知識もある。これは運京では、ごく一般的な事実だった。

「天原国の書物が読めるくらいで役所につきだしたりしない。正直に言いなさい」

命令口調で重ねて圧をかけられても、簡単にはうなずけない。夏月自身だけでなく、藍家の存亡に関わる話なのだから、慎重になるなと言うほうが無理だった。

黒曜禁城が陥落したのち、天原国の王族をはじめ、要職に就いていた貴族は大半が捕らえられ処刑されたのだという。さらには天原国の噂を禁じ、天原国の書物を禁じ、焚書《ふんしょ》でその知識を消しさった。天原国の抹殺は長い時間をかけて行われた。

もっとも、その大半は太宗の時代の話だ。いまの国王になってからは、天原国ゆかりの誰かが捕まったという話を聞いた記憶はない。最近はもう積極的な捜索をしていないとも聞く。それでも、この百二十年もの間、天原国の末裔《まつえい》を名乗って反乱を起こそうとする者はあとを絶たず、そのたびに粛清の嵐がわきおこったのだった。

（その粛清がまた、かの国の名前を呼びおこすのだと、琥珀国の王族はいつ気づくのだろう……）

夏月が沈黙したのを肯定の意味だと受けとったのだろうか。洪長官は、ぎし、と床音を響かせて、開け放たれた柱の向こう——日射しが溢《あふ》れた庭へと目を向けた。

「私は琥珀国の人間だが……失われた知識が惜しいと思っている。できれば、各地に残っている天原国の書物を集めて、失われた知識を復活させたい」

思いがけないことを言われて、夏月は洪長官の背中を見上げた。一部署の長官とはいえ、閑職の官吏が言うにしては壮大な夢だ。さっきまで女官に対してさえへりくだるような物言いをしていたのが、口調さえ変わっている。それが、さきほどまでの洪緑水の見せかけより妙にしっくりくる重さがあり、夏月は黙って聞いてしまった。

（科挙を目指す学者は理想主義者が多いと聞いてますけど、ただの理想主義ではないということでしょうか……）

出会ったばかりの青年の真意が夏月にはわからず、安易に肯定も否定もできなかった。

「それに、昨年亡くなった無辜《むこ》の死者を鎮魂したいというのは、陛下だけでなく私も同じ気持ちだ。十二年に一度しか行われないという祭祀を行うために、君の力を貸してもらえないだろうか？」

「昨年の夏の……」

　ふっ、と暑い盛りの記憶がよみがえり、夏月はぶるりと身を震わせた。弘頌殿の、同じこの大広間で、夏月は女官や官婢《かんぴ》の死亡通知を書きつづけていたからだ。

　琥珀国では、天寿を全うすることなく亡くなるなんて珍しいことではない。熱を出しただけで死ぬ子もいるし、怪我をしたり、手足が腐って死ぬこともある。

（もし、あの幽鬼が『灰塵庵』を訪ねてこなかったら……）

　亡くなった人の多さに疑問を持ちながらも、夏月は調べようとしなかっただろう。そう思うと、あの夜が『もし』という分かれ道だったとわかる。もし、あの夜、鬼灯《ほおずき》を掲げて幽鬼を待たずに休んでいたとしたら、夏月はその翌日、泰廟《たいびょう》に厄払いに行かなかっただろうし、冥府に行くこともなかった。泰山府君と取引することもなかったし、黒曜禁城に勤めに来ることもなかっただろう。

（これもまた泰山府君が働きかけた運命なのでしょうか）

　そう思うと、洪長官の話も無下にはできない気がしてくる。

「とりあえず、虫干しをすませませんか。ほかの話は巻物を広げてからにしましょう」

「それはそうだな」

　夏月の提案に、今度はあっさりと承諾してくれる。持ちこまれたのはかなり古めかしい巻物ばかりだ。ものによっては黴《かび》が生えており、夏月は傷みの状態が気になっていた。

（天原国の書物……ここにある以外にも、秘書庫にまだ残っているのだろうか。あるい

はそれこそが、泰山府君の探し物と関係があるのだろうか）
巻物の紐《ひも》をほどき、広げる作業に勤《いそ》しむさなか、夏月の疑問に答えるように、簪の飾りが射しこむ陽光にきらりと光っていた。

〈二〉


——翌日から、夏月は後宮と写本府のある外廷を行き来することになった。

写本府のやる気のなさとは正反対に、洪緑水はずいぶんと忙しそうだ。ついて回る道や後宮のしきたりを覚えるので精一杯だった。

「自分より上位の妃や宦官《かんがん》とすれ違うときは道を譲り、まず揖礼《ゆうれい》して通りすぎるのを待つように。もし部署を問われたら写本府の令牌《れいはい》を差しだしなさい」

そう言われていたが、後宮をひとりで歩くのはやはり緊張した。写本府の官吏たちは、夏月が御用聞きにうかがうとなにか言いつけはするものの、最初に宣言したとおり、きちんと教えるつもりはないらしい。「西の井戸で水を汲《く》んでこい」と言うだけで、後宮にひとりで追いやられてしまった。

ようするに意地悪をしようというのだろうが、夏月としては都合がよかった。幽鬼のことを調べたかったからだ。後宮の女官を見かけたときには積極的に声をかけ、

「写本府の新人女官の夏です。お見知りおきください」

そう挨拶《あいさつ》をするついでに、琵琶《びわ》柄を好んで着る妃がいないか、手紙の宛先《あてさき》に関わりがありそうなことがないかを訊《たず》ねて回る。後宮の女官たちは自分の保身を気にかけて、余計なことは言わないように気をつけているが、それでも話し好きというのはどこにでもいるものだ。水を向けると、勢いよく話しだす女官を探すのは簡単だった。その結果からすると、琵琶柄の襦裙《じゅくん》を着た妃《きさき》というのは、やはり姉から聞いたとおり、燭明宮《しょくめいきゅう》の瑞《ずい》側妃《そくひ》で間違いなさそうだ。しかし、誰に聞いても死んでおらず、後宮にいるらしい。そこから先の情報を探ろうにも、どこから手をつけたらいいかわからなくて手詰まりだった。幽鬼の正体はわからないし、もうひとつの手紙の宛先も推測の手立てがない。

――『ねぇ、先生。手紙はもう一通、お願いしたいのです……宣紙で……宛先は……黒曜禁城の……あの方に……』

黒曜禁城と一口に言っても、広大だ。外廷なのか後宮なのかもはっきりしない。

（いや、宣紙というからには、後宮だと思うけれど……）

後宮も広い。しかも、迷路のように通路が入り組んでいて、しがない新米女官にはどこになにがあるのかよくわからない。洞門を越えて園林を歩いているうちに、夏月はすっかり道に迷ってしまった。

「どうしよう……井戸の場所も戻る方向もどっちだか全然わからない……」

太陽の位置を見ながら方向を確認していたが、何度か角を曲がったところで、方向感覚がなくなっていた。まんなかには瓢箪《ひょうたん》池があり、その近くには避暑のためだろう、池に張り出した四阿《あずまや》が見えた。築山《つきやま》の向こうには整った桃林が薄紅の霞《かすみ》を広げている。

さっきまで無機質な石畳と白い壁に囲まれていただけに、唐突に別天地に来たような、呆気《あっけ》にとられた感覚だ。築山の向こうに見える城壁だけが、ここが黒曜禁城の内側なのだと伝えていた。

そのとき、ちりん、とまた簪が音を立てた気がして、夏月はふりむいた。

「あなた、そんなところで立ち尽くしていてはだめよ。こちらに来なさい」

声がしたほうに目を凝らせば、物陰から手招きされている。ふっくらとした肉付きから女性の手だと思いながら、夏月は招かれるままに道なりの木陰に回りこんだ。

「声をかけていただき、ありがとうございます。外廷は写本府の新人女官で夏と申します。墨を摩《す》るための井戸を探しているのですが……ご存じでしょうか？」

人の顔を見てほっとしたからだろう。夏月は道に迷っていたことを正直に告白した。

このまま死ぬまで後宮から出られないのではないかと一瞬不安になっていただけに、声をかけてくれた女官に感謝する。後宮付きの女官が写本府の仕事を知っているだろうかと思ったが、幸運にも彼女は目的の井戸を知っていたらしい。夏月の話を聞いたとたん、「こっちよ」と簡潔な返事をして歩きだした。

夏月もあわてて、あとを追う。歩きなれているのだろう。特に急いでいる様子もないのに、園林を横切る女官は足が速かった。どこをどう歩いているのかわからない夏月は、ひとりになりたくなくて、息を切らしながらあとを追う。

「あっ」

焦っていて、足下をよく見なかったせいだろう。木の根につまずいて夏月は転んでしまった。ぼとん、と続けざまに物音があがる。それが腰に下げていた佩玉《はいぎょく》が水溜《みずた》まりに落ちた音だと気づいて、夏月ははっと顔色を失った。

(お姉様からいただいた佩玉が……！)

痛みをこらえながら立ちあがり、とっさに水溜まりのなかに足を踏み入れると、

「近寄ってはいけません！」

戻ってきた女官に強い口調で注意された。

「いくら後宮の園林といえども定まった道を外れると危険です。沼のようになっていたり、自然の風穴もあります。はまって亡くなった者もいますから、気をつけてください」

「亡くなった……」

思いがけず死の気配を匂わされ、夏月はそっと後ずさりした。蝶《ちょう》の図柄の凝った細工の佩玉は姉からもらった大事なものだが、命はもっと大事だ。

(まだ死にたくない……死にたくなくて働いているのに……)

姉なら話せばわかってくれるだろうと、佩玉をあきらめた。湧き水特有の、泡をぷくぷくと吹く小さな泉を気にかけながら、その場を離れた夏月は女官のあとを追う。

連れてこられた場所の扁額《へんがく》を確認すると、どうやら西の井戸で間違いなかった。

「ここが深井戸よ。写本府の女官はここで水を汲むのでしょう？」

後宮にはあちこちに井戸があり、井戸によって水質が異なるため、用途を分けているのだという。墨を摩るのに適した水は、朝露をあつめるのがいいなどと言われるが、飲み水とは違う井戸の水を使うことが多かった。

(そういえば、昔、落っこちそうになったことあったな……)

子どものころ怒られたことを思いだしながら、夏月は井戸に近づき、つるべを井戸の奥深くに落とした。後宮では水汲みすることが多いからだろう。水車を利用した機巧《からくり》があり、人力では大変な深井戸でも、簡単に水が汲めるようになっていた。

これならほとんど力は要らないから、水汲みはすぐにすみそうだ。

「さすがお城の井戸は最新の仕かけになっている……」

夏月が井戸の機巧に感動していると、背後から囁《ささや》くような声が聞こえてきた。

「琵琶柄の襦裙《じゅくん》の妃に近づいてはいけません……鬼灯のあるところ……媚州王《びしゅうおう》には気をつけて……」

驚いてふりむくと、いつのまにか彼女は消えていた。

「媚州王? あなたはいったい……」

(もしかして、いまの女官は……――幽鬼?)

幽鬼のなかには土地について離れない幽鬼がいるという。冥界《めいかい》から現れるわけではないから鬼嘯《きしょう》もなかったのだろう。

(もしかして、あの幽鬼と所縁《ゆかり》がある幽鬼だろうか?)

「媚州王……」

夏月は教えられた名前を低い声でくりかえした。

父親が高官として出仕しているわりに、夏月は国政に疎い。王と名がつくからには、領地に封じられている王族だろうという知識はあったが、その人がいま琥珀国でどのような地位にあり、どのような立場の人なのか、すぐにはわからなかった。

「これは……お姉様にもう一度おうかがいしたほうがよさそう……」

ひとりで調べるのは限界があると判断したものの、その時間はすぐにはとれなかった。世間知らずの令嬢が初めて女官勤めをしたのだ。覚えることがあまりにも多く、夏月が写本府から後宮へ行く通路を間違えずに歩けるようになったのは、勤めてから一週間が経ったころだった。


――この日もまた夏月は洪長官に連れられ、後宮を訪ねていた。

「代書屋稼業をしていたというからには、書くだけでなく、いろんな書を読んでくれと言われることもあるのだろう？」

白塗りの壁に囲まれた通路で先の見えない角を何度か曲がり、洞門を越え、広い園林の小径《こみち》にさしかかったときだ。洪緑水はまるで世間話をするように切りだした。

「それは……そのとおりです。手紙を読んでほしいと頼まれることもありますし、出所不明の古文経を持ちこまれることもあります」

夏月は後宮独特の見られている気配に苛《さいな》まれながらも、つとめて事務的に答えた。人の手による癖もあるが、字体は国や時代によって異なる。太宗は特に天原国の文化を消しさりたかったのだろう。王朝が琥珀国に替わったおり、公文書を簡易な書体にあらためているから、新しい手紙のやりとりはともかく、時代の違う文書となると、読み解ける代書屋はかぎられていた。読める者が少ないのだから、古文経の解読は、ときに手紙の代書をするより高い報酬が見込める。『灰塵庵』が街外れでもなんとか商いをつづけられる所以《ゆえん》である。

名家一族の財力で古い拓本を揃えては解読に没頭していたからだろう。古文経の解読において、運京では夏月の右に出る者はいないと自負していた。

先祖の墓から出てきたという経文——祭詞や祝詞《のりと》、蒐集《しゅうしゅう》家がやっと手にいれた古文経の類《たぐい》を読んでほしいという依頼は運京のような古い城市では珍しくない。その要望に応《こた》えるうちに、一部の好事家の間では夏月は知られた存在になっていた。

(お父様は代書屋以上にいい顔をしないけれど……)

夏月は自分が読めない書物を読むのが好きだ。知らない暗号を読み解くことに無上の幸福を覚えるという性質は、古文経を解読する作業に向いている。正直に言えば、いまも夏月は洪緑水の話に興味津々だった。

(城の官吏が読めないほどの古文経なんて……すごく見たいに決まっている。でも)

このところ可不可から代書屋の収支が悪いと咎《とが》められていたことが頭をよぎり、気軽にうなずけなかった。

──『深夜の幽鬼を相手にしてばかりでは、代書屋はまた赤字ですよ』

そう叱られてばかりいるのに、

（報酬なしで古文経の解読をしたなんて可不可に知られたら、絶対に怒られる……）

それは身の破滅とはまた別の問題だった。

「洪長官。確かに古文経によっては読めるかもしれませんが……一介の女官の手にあまる仕事です。間違って解読したら本当の首が飛ぶかもしれませんし、これはやはり、お断りさせていただけませんか」

丁寧に、手に手を重ねて頭を下げる。傍目《はため》には、官吏に付き従っている女官が非礼を詫《わ》びているように見えるだろう。夏月としては悲壮な決意で大好きな古文経をあきらめたつもりなのに、上司は夏月が交渉してきたと思ったらしい。

「ははは……」

突然、声を立てて笑われて、夏月はぎょっと目を剝《む》いた。

「藍家のご令嬢にしては商売の駆け引きが板についている。いいでしょう……もしこれから行く先の古文経が読み解けたなら、そのときは一巻につき、銀一両……いや、二両出そうか。無事、古文経を解読し、つつがなく祭祀《さいし》が行われれば、それとは別に十両の報酬も加えよう」

「銀二両……ですか？」

いくら珍しい古文経とはいえ、破格の提案に夏月は驚いた。それなら仕事としては悪くないが、あまりに話がうまいと逆に不安になってくる。

「黒曜禁城には書の解読をする部署はないのですか？」

「夏女官、解読をする部署が秘書省付き写本府なのだよ」

「な、なるほど」

言われてみればそうかと納得した。

「でも、この仕事はあまり多くの人に関わってほしくない。それで夏月嬢の力を借りたいのだ」

そんなふうに言われてしまうと、無下に断りにくい。しかも、そこまで人目を忍ぶ書物ならなおさら、のどから手が出るほど見たかった。夏月のそんな心の葛藤《かっとう》など、初めから見透かされていたのだろう。

「ひとまず今日は一緒に来て、読めそうかどうか、確認してみてはもらえないだろうか」

判断をゆだねる物言いで誘われて、今度はうなずくしかなかった。

ちょうど話を終えたころ、大きな倉の屋根が見えてきた。普通の建物とは違い、漆喰《しっくい》の壁に瓦《かわら》を張りつけ、さらに耐火に備えた造りになっているのは一目見ただけでわかる。水害も想定しているのだろう、入口は高い場所に作ってあった。

「ここが夏女官が来たがっていた秘書庫だ」

洪長官はようやく種明かしをするように言った。企《たくら》みを秘めたように、にやにやと笑う顔は、夏月の反応を楽しんでいるかのようだ。

「ここが……ここが秘書庫」

思いがけず、声が震えてしまう。巨大な倉の威圧感や後宮の重苦しさを忘れてしまうくらいだ。早くなかに入りたくて、自然と早足になっていた。洞門を越えてから入口までは見た目以上に距離があったのだろう。数段の階段を上ったころには夏月の息は切れていた。入口で待っていたのは年老いた宦官《かんがん》だ。夏月の顔を不審そうに見ている。

「寒掖《かんえき》、新しく雇った女官だ。夏女官という。これから秘書庫に出入りすることになるから、顔を覚えてくれ」

洪長官が寒掖と呼んだ宦官に説明するそばで、夏月はあわてて手に手を重ねて頭を下げた。気むずかしそうな老宦官だ。夏月のことを泥棒の手引きか不審者だと思っているのだろう。不躾《ぶしつけ》な視線で、じろじろと見てくる。とっとと帰れと言わんばかりだ。それでも、写本府長官の言葉を無下にはできないらしい。

「どうぞ、なかへ」

身を翻して、内扉の鍵《かぎ》を開けてくれた。倉のなかにまた倉があるような造りなのだろう。重たい二重扉を開いた先が、ようやく書物を納める場所になっていた。

明かりとりのための天窓が細長く切られていたが、きらきらと輝いているところを見ると、水晶をはめこんであるらしい。かび臭い倉のなかは、どことなく息苦しかった。夏月がのどを押さえたことに気づいたのだろう。

「窓を開けましょうか」

老宦官は自在を使って器用に高窓を開いた。風がふわりと入ってくるだけで気分が楽になった。どうやら顔がいかめしいだけで、最初の印象ほど嫌な人ではないようだ。

顔を上げて周囲を見わたせば、本、本、本、本——壁と言わず、部屋のまんなかと言わず、木製の本棚が隙間なく林立し、その棚すべてにびっしりと書物が積まれていた。ひとつの区画ごとに二十冊ほど積まれており、棚に項目が墨書きされている。とっさに夏月はそのうちの一冊を手にとり、中身を確認していた。

(今様の——琥珀国の書式の本だ……こちらはもう少し古い。焚書《ふんしょ》ですべて失われたのかと思ったけど、今様の解説がついた古文経伝もある)

どうやら、夏月が秘書庫を見たいと言っていたことを洪長官は覚えていたのだろう。興味津々で中身を確認している夏月を、少しの間、自由にさせてくれた。

「これは……この本は……」

医学書の項目に紛れて天原国由来の書物がまじっていた。思わず読みふけりそうになった夏月は、洪長官に本をとりあげられて、ようやく我に返った。

「夏女官、そこまでだ。仕事の話を進めるぞ」

ついてくるように手振りで示され、あわててあとを追いかける。倉のなかは、二階建てになっているようだ。ぎしぎしと軋《きし》む木製の階段を上っていくと、写本府と同じような文机《ふづくえ》が並んでいた。その一角で宦官らしい青年がなにやら真剣な顔つきで、写本をしている。

「以前、弘頌殿で代書をお願いしたときに一緒にいた者だが、覚えているか？　彼の名は眉子《びし》と言って、外廷に持ちだしにくい書物を書き写している。眉子、彼女は夏女官だ。良良の代わりに雇った」

良良という名前を聞いたとたん、夏月の心にわずかな痛みが走ったが、一瞬で忘れた。洪緑水が手にした巻物に意識が引きつけられたからだ。

「これが問題の古文経だ」

そう言って文机の上に、巻物を広げた。文字を書きやすいように、斜度をつけた特別な文机だ。写本府にも同じものが並んでいたが、この倉のなかの文机のほうが古いようだ。磨きこまれた机は綺麗《きれい》な飴色《あめいろ》に変色している。

夏月は広げられた巻物に見覚えがあった。

「これは……先日、弘頌殿で虫干ししていた巻物でしょうか」

「そのとおりだ。祭祀の手続きが書いてあると思われるのだが……誰も子細を知らなくて困っている。この机を使っていいから、解読を試みてくれないか。なにか必要な道具があれば、眉子に言えば、たいていのものは揃うはずだから」

洪長官の言葉を受けて、眉子がにこりと笑う。宦官らしくない笑みを浮かべる青年だ。言うほど彼らを知っているわけではないが、夏月の知る宦官は、みな一様に拭《ぬぐ》いきれない影を抱いていた。入口にいた老宦官もそうだ。長い年月を後宮という閉鎖的な世界で過ごすせいで、市井を行きかう町人が持たない重さや陰鬱《いんうつ》が体に染みつくのだろう。鋭い目つきになり、独特の雰囲気を放つのだった。

一方で、眉子の笑みには、なぜかその重さがなかった。無邪気な子どもが笑ったように、見る者をほっとさせる雰囲気がある。眉子に勧められた椅子に座り、夏月は巻物と向き合った。左手で巻物を開きながら、右手で巻きとるようにして一瞥《いちべつ》し、読めると思った。正確には、知っている書き方だったと言うべきか。

「この古文経は……天原国の古い秘書ですね」

どこの国にも、簡単に読まれたくない書物というのが存在する。あえて読みにくい書体で書かせた文書がそれで、『秘書』などと言われている。天原国は歴史が長い分、時期によって書体が変化しており、それがまた解読の難易度を上げている。

しかし、天原国の秘書は夏月の得意分野だった。わずか前に滅亡したばかりの大国は、美しい書をたくさん残し、蒐集《しゅうしゅう》家の間では人気が高い。夏月のところに来る文書解読依頼の大半も天原国のものだった。

「水をいただけますか？」

夏月は手近な硯《すずり》と墨をとりだして、机の端の平らなところに載せた。書見台に巻物を置き、新しい紙を広げて文鎮で留める。

「確かに祭祀に関わる内容のようです。祖霊の前で読みあげる祭詞でしょうか……」

文字を読み進めるうちに、また、ちりん、と簪《かんざし》の歩揺が音を立てた。今度ははっきりと風で揺れたわけではないとわかっていた。

（この簪はおそらく、泰山府君の探し物に近づいたときに鳴るのでしょう）

後宮に入ってから何度か鳴っていたから、夏月もだんだん簪の合図に慣れてきた。簪の音は合図であると同時に、警告でもある。匣《はこ》のなかの匣に押しこめられている圧迫感を警告する音には、誰かに一挙手一投足を監視されているような気配が滲《にじ》む。

（この古文経を解読するなとでも言うのだろうか……いや、違う。わたしのやることを監視しているような……）

文字を書くことに集中するうちに、背中に張りつくお化けのような重さはいくぶん薄らいだ。それでも、ただ文字を書いただけにしては理不尽なほど、息が上がっている。

琥珀国の楷書《かいしょ》体で文章を書きなおしたあとで、夏月は顔を上げた。

「この巻物は、ひとつで完結ではないようですね。まだほかに同じような巻物があるのではありませんか？」

どっと覆いかぶさるような疲労を覚えているのは、奇妙な感覚のせいばかりではない。これだけ長い古文経を解読したのが久しぶりで、頭を使ったせいだ。頭の芯《しん》が、ぎゅっと絞られたかのように痛い。

それでも、視界に大量の書物が見える場所というのはいい。このなかには、天原国の秘書と同じくらい夏月の頭を使う書物が所蔵されているはずだと思うと、もっと読みたい、解読したいという欲が、ひりつくように心の底で疼《うず》いた。

「夏女官、大丈夫ですか？　体がよろめいているようですが……棗《なつめ》を食べますか。干した果物もありますよ」

眉子から棗や干し杏《あんず》が入った小鉢を差しだされ、夏月はありがたく手にとる。

写本というのは、地味な作業に見えて頭を使うのだろう。甘いものを食べると頭がすっきりとした。干し杏と一緒にお茶をいただいた夏月が人心地ついているうちに、眉子は夏月の書いた写しを棚に移し、大事な巻物をしまっていた。彼は働き者のようだ。動きにきびきびとした無駄のなさを感じる。どことなく自宅の従者に通じるものを感じ、夏月がほっと和んでいたのもつかの間、洪緑水が難しい顔をして言った。

「巻物のつづきか……これはほかの秘書省からとりよせたものではなかったはずだ。六儀府にも問い合わせるが……発掘調査に入る必要があるかもな」

「祖霊廟《それいびょう》ですか。では、夏女官が奥に入る許可をとらなければなりませんね」

なにやらわからないやりとりをされ、夏月の頭に疑問がよぎる。

（なぜ、そこでわたしの名前が出てくるのだろう……）

ふたりのやりとりに、なにやら不穏な気配を感じたものの、遠くから時を告げる鐘の音がして、洪長官が動きを止めた。その日の仕事はここまでだった。

琥珀国の時刻は、一日を十二で区切っており、一刻限は二時間ほどになる。滴る水を使った時計——漏刻が貴族やお金持ちの商人の家に普及しているが、当然のように、黒曜禁城にもあちこちに置かれている。一分一秒を争うような時刻の違いは気にされないが、黒曜禁城のなかは、漏刻をもとに鐘が打ち鳴らされ、衛兵や女官の交替や通いの官吏に退勤の時刻を告げるのだった。夏月も当然、通いの女官だ。後宮の奥へ来るまでにかなりの距離を歩いており、帰りもまた同じ距離を戻らなければならない。

表の城門は夕刻に閉まってしまうため、それまでに外に出る必要があった。

正直に言えば、『灰塵庵』から黒曜禁城外廷の写本府、写本府から後宮の弘頌殿まで歩いたとあって、夏月はくたくたに疲れていた。

（やっぱり夕方は可不可に迎えをよこしてもらおうか……）

暮れていく空を見上げて、こんな生活をつづけられるだろうかとうなった。しかし、たかが女官の身で黒曜禁城の城門に馬車を横付けするなんて許されるわけがない。どこか手近な場所で落ちあうのはどうだろうと考えながら歩くうちに、暮れかかる空を背に、小山の頂上に立つ朱色の門や吹き流しの影が目に入った。

城市のなかでも、ひときわ高い場所にある泰廟は、遠くからでもよく見える。朱色の柱を見たとたん、妙に線香の匂いが懐かしくなった。

（近くまで来たのだから、お参りをして帰ろうかな……）

いつもの習慣でそんなふうに立ち寄ったものの、想像以上に疲れていたのだろう。瓦《かわら》屋根をいただく立派な山門の高い門檻《もんかん》を跨《また》ごうとして、

「あっ……」

と短い声をあげた。しまったと思ったときには、また門檻に足を引っかけて転んでい

たのだった。

† † †

——気づけば、星も月もない漆黒の天空に、極光が揺らめいていた。

「代書屋……おまえはよほど冥府《めいふ》の仕事がしたいらしいな」

整った顔を呆《あき》れたように歪《ゆが》めて言われたが、反論できない。以前の縁に引きずられたようで、今回は泰山府君の御殿にそのまま落ちていた。杭《くい》を打たれた幽鬼の嘆きを見なくてほっとしたが、白州のまんなかに寝転んでいるというのはいかがなものだろう。むくりと立ちあがった夏月は、冥府の王に拱手《きょうしゅ》して礼を尽くした。

「お久しぶりでございます。泰山府君におかれましては、ご機嫌麗しいようでなによりでございます」

冥府の王は、以前に冥府に落ちたときと変わらず、複雑な装飾の石碑に囲まれ、背の高い椅子に座していた。漆黒の世界に浮かびあがる白い霜衣が眩《まぶ》しい。わずかに身じろぐたびに氷の粒がきらりとはじけるかのごとく、残像が光る。天井のない白州と対句が浮き彫りにされた石の階段。無数に揺らめく蠟燭《ろうそく》の炎。法廷を囲む断崖《だんがい》絶壁の碑文の数々さえ、以前となにも変わっていない。違うところはと言えば、死者がまばらにしかいないことぐらいだ。先日のように自分の罪を軽くしてくれと叫ぶ幽鬼もいないようで、天井のない法廷はがらんと静かだった。

「別に冥府の仕事がしたくてわざわざ来たということではございませんが……ほかに気になることがあったせいで門檻をうまく跨げなくてですね……すぐにお暇《いとま》申しあげますので、どうぞおかまいなく」

足早に以前案内された西の門へと向かおうとすると、ふわり、と無数の霊符が飛んできて、夏月の行く手を塞《ふさ》ぐ。

「待て、代書屋。せっかく来たのだから、通行料代わりに仕事をしていけ。ちょうどほどよく竹簡が溜《た》まっていたのだ」

その言葉にふりむけば、幽鬼の官吏がいるかたわらには、竹簡が積まれている。

すぐに帰りたいが、代書の依頼を断るのは夏月の流儀ではないし、通行料代わりにと言われると仕方ない。

（この神は……仕事を溜めるのが好きなのだろうか……）

袖《そで》を整えて筆を持つと、夏月は門へ向かうのをやめ、前回と同じ場所に座った。

「そこの竹簡をとってこい。禄命簿《ろくめいぼ》もだ。これでしばらく法廷を休みにできる」

夏月が首肯するのを待っていたとばかりに式神の官吏たちに命じる泰山府君を見て、どうも自分はうまく呼びよせられたのではないかという気がした。

もっとも、矮小《わいしょう》な人間の身で、神の気まぐれに逆らえるわけがない。現実の為政者と等しく、いやそれ以上に人間の生殺与奪の権を握る神を相手に、なにが言えるというのだろう。思うところをのどの奥に押しこんで、夏月は禄命簿の書き入れをはじめた。

二回目だからだろうか、あるいは、先日よりも死者の数が少ないからだろうか。夏月の仕事ぶりにも余裕ができて、ぽつりぽつりと雑談をしてしまう。

「勧誘されたから女官として城に上がったのに、こうですよ。

――『もう女官なんていりません』

――『腰かけの女官に教えるくらいなら宦官《かんがん》を雇うほうがいい』

ですって……失礼だと思いませんか？」

思いだすと、またその瞬間の苛立《いらだ》ちがよみがえってしまう。

「それはそれは……写本府とやらの役人どもは、おまえをずいぶんとやる気にさせたのだな。大成功ではないか」

ゆったりと座し、話を聞かされていた冥府の王は、夏月の苛立ちを軽くいなした。

「大成功とは酷《ひど》い言い種《ぐさ》ではありませんか」

「代書屋は冥府の王に取引を持ちかけるくらいだ。それぐらい最初に拒絶されたほうがやる気が出るのではないか」

泰山府君は夏月の気質を見抜いているらしい。「ぐ……」と言葉に詰まった。普段はやる気がないくせに、できないのかと言われるとできると言いたくなってしまう。確かに夏月にはそういうところがあった。

「仕事のほうはどうなのだ？　後宮へ行ったのであろう？」

一方的に話しているつもりだったのに、思わぬところで水を向けられて、夏月はおやと思った。自分で話しておきながら、他人に考えを話すというのは不思議な感覚だ。ろくに友だちがいない夏月としては自分の考えを聞いてもらうこと自体、久しぶりだった。父親や姉——年上の家族とも、可不可のような気が置けない従者とも違う。

（客が代書屋に世間話をするのは、こういう感覚なのかもしれない……）

しがらみのない相手に話すというのは気楽だし、なにも知らない相手に説明するから、物事を客観的にとらえられる。しかも、普段からやかましい幽鬼の陳情を聞いているだけあって、泰山府君は聞き上手のようだ。

「後宮に行くなら、幽鬼の客からあずかった手紙を出してあげたかったのですが……琵《び》琶《わ》の図柄の、上等な絹の襦裙《じゅくん》を纏《まと》った幽鬼でして……」

夏月はつい、幽鬼の客が来たことや偶然にも後宮でその客と同じ村出身の宦官と会ったことまで話してしまっていた。

「——と言うわけで、もしかして瑞側妃というのは先日訪ねてきた幽鬼なのでは？　と思い、探ってみたのですが、まだ後宮にいる妃《きさき》で亡くなっていないし、引退もしていなかったのです。結局、幽鬼の正体はわからず、もう一通の手紙の宛先《あてさき》もわからずじまいでした……」

かいつまんで説明したあと、そろそろ仕事に集中しようと思っていたのに、紙製の小さな式神がざわりとあたりを舞って、もっと話せとばかりに催促する。

「それだけか？　ほかにも後宮で気になることがあったのではないか？」

「後宮で気になること……ですか？」

――『琵琶柄の襦裙の妃に近づいてはいけません……鬼灯《ほおずき》のあるところ……媚州王には気をつけて……』

紙に墨を落としたとたん滲《にじ》みが広がるように、泰山府君の言葉にまっさきに浮かんだのは、水汲《みずく》みの途中で会った女官の言葉だった。どうやら冥府の法廷には夏月がより気にかけていることが強く心に迫る作用があるらしい。なぜ気になっているのかわからないのに、あの女官の言葉が心を引っかくように歪《いびつ》な音を立ててよみがえる。

「媚州王……」

「それはいまの国主の王子の名か？」

打って響くように質問され、夏月としてもつい、本当につい応じてしまう。

「そうだと思います。まだ調べていないので正確にはわかりませんが……いまの国王には王太子のほかに何人か王子がいたはずですから」

そこまで口にしたとき、霞《かすみ》の向こうになにかの輪郭が浮かびあがりそうな気がして、心のなかでその残像を追いかけた。それでいて手を伸ばしてもなにも摑《つか》めない。ずきっと軋《きし》むように頭が痛んだ。

「気になるなら、よく整理して考えてみるがいい」

響きのいい声で言われて、はっと夏月は隣に座る泰山府君の横顔を眺めた。

「以前、冥府に落ちてきたとき、『わたしの天命はまだ尽きていない』と私に反論したことがあったな。あれはおまえのなかでなにか腑《ふ》に落ちないことがあったからだろう」

「は、はい。泰山府君の言葉の端々に、小さな染みのような違和感を覚えまして……」

なにか思い違いをしているのではないかと、冷静になって考えなおしたのだ。

「小さな染みのような違和感とは言い得て妙だな。しかし、そのとおりだ。よく考えてみるがいい……記憶ではそれは問題がないと意識の外に追いやりながら、違和感を覚えているから気になっている――そういうことがあるのではないか？」

「わたしはすでになにかの違和感をとらえていると……そういうことですか？」

「おそらくな。見えていても、あたりまえだと思えば違和感に気づかない。気づけない。判じ絵の謎と同じだ。全体を見たときの歪さはわかりにくく、詳細をひとつひとつ確かめたときに初めて気づく、ささいな綻《ほころ》びというのがある……視覚をごまかされていても、感覚は歪さを感じとっているから、気になっているのであろう。もっと最初から手順を追って考えてみるがいい」

「わたしが最初に違和感を覚えた瞬間……それは」

質問を挟まれて、今度は夏月の筆が止まった。歪さ、綻び、第六感の囁《ささや》き。そんな抽象的な言葉でも、人の生死を決める神の声で後押しされると、やけに真実みがある。

――琵琶柄の襦裙を着た妃。幽鬼が宛先に指定したのと同じ楽鳴省護鼓村の出身者。『琵琶柄の襦裙の妃に近づいてはいけません』という警告。媚州王という名の王子。

（どこだ。どこに違和感を覚えたのだろう）

どれも引っかかりを覚えた記憶だが、一番おかしいと思った瞬間なら決まっている。

「同じ楽鳴省護鼓村の出身の宦官と会ったとき、でしょうか？」

あの幽鬼は姉と同じ香を纏《まと》っていた。その姉の身の回りに同じ村の出身者がいるなんて偶然にしてもできすぎていると思ったのだ。しかし、泰山府君は夏月の回答が気に入らなかったらしい。

「それが一番気になることか？　安易に物事を結びつけようとしていないか？」

宙を舞う式神になぜか額をばしっとこづかれた。小さな紙の人形だ。痛くはないが、鬼教官のごとく禄命簿の清書をさせられた記憶がよみがえり、心穏やかでいられない。

「そもそも、幽鬼の客は手紙になんて書いてほしいと言ったのだ？」

閉塞《へいそく》した頭のなかを風が吹き抜けるようにして、泰山府君の声が響いた。

「あ……」

――『宣紙で……宛先は……黒曜禁城の……あの方に……』

――『ああ、あなた……どこ？　私と一緒になってくれると言ったのは嘘だったの？　どうして……』

「宣紙で手紙を書くのは、高貴な方に出すときだけ……」

真っ暗闇に流星のごとく現れた閃《ひらめ》きを口にしながら、頭の片隅で、まただと思った。

泰山府君の問いかけが夏月の頭のなかで明瞭《めいりょう》に響くと、気になっていながら理由がわからなかった違和感が解けて、ひとつひとつがはっきりと浮かびあがってくる。

「なににつけても同じことだ。幽鬼にしても、おまえの上司にしても、なにがしかの違和感をおまえが覚えているから気にかかる。目にしたか耳にしたか……あるいは五感を超えて訴えるものがあったか。よく思いだして、その違和感を丹念に追ってみるがいい」

思いがけず背中を押されて、夏月は顔を上げる。

「違和感を追いかけて……なにか意味はあるのでしょうか」

可不可からは、幽鬼の客の手紙など出すのはやめましょうと言われた。父親からは、そもそも代書屋をやめて早く普通の結婚をしてほしいと言われていた。陽界の現実は、けっして夏月にやさしくはない。そんな自分が、幽鬼の物言わぬ言葉を汲《く》みとる余裕などあるのだろうか。

背の高い椅子に物憂げにもたれた泰山の主《あるじ》は、夏月をじっと見つめるだけだった。

「物事を順序立てて整理し、おまえがどうしたいのかをよく考えてみるがいい」

「わたしがどうしたいのか……」

胸に手を当てて言葉をくりかえす。父親や可不可とは違う。このところ、自分のやることに反対されることはあっても、夏月がなにをしたいのかと問われたことはなくて、正直に言えば、とまどってしまった。

「そうだ。おまえがやりたくないなら、幽鬼の依頼など捨てておけ。これは冥府《めいふ》の王からのありがたい助言だ。感謝するがいい」

今度は偉そうに言われたが、実際偉い神様なのだから、頭には来なかった。ただやりたいようにやっていいのなら、夏月の願いは決まっている。

「わたしは……幽鬼の手紙を届けてやりたいのです」

夏月は手に手を重ねて一礼し、泰山府君に答えた。

誰からも顧みられない幽鬼と自分の姿を重ねているだけだと言われれば、それまでだ。幽鬼の無念を晴らしてやりたいと思うのは、ただの自己満足にすぎないかもしれない。

それでも、どうしたいのかと問われれば、やはり心の声を無視できなかった。

（わたしがただ届けたいだけ……）

それだけのことかと現実ではいつも否定されているからだろう。誰にも聞いてもらえないことを聞いてもらえるのは、こんなにも心を揺さぶられる――そう気づいてしまうと、なおさら夏月は幽鬼の想いを届けてやりたかった。

泰山府君は、夏月の答えを初めからわかっていたのだろうか。ふん、と鼻で笑う。

「死者と関わり合いになりたいなどと不遜《ふそん》な娘だ。しかし、やりたいことがそれなら、おまえは幽鬼の境遇に引きずられすぎだ。代書屋なのだから、手紙を届ければそれで終わりであろう。幽鬼の過去と代書の依頼とは分けて考えるがいい」

「手紙を届ければそれで終わり……」

「そのとおりだ。以前におまえが言ったのではないか。『泰山府君のお役目の代わりではありません。あくまで文字を代わりに書くだけです』と……代書屋は本人の代わりをするわけではない」

「あ……」

言われてみれば、確かにそうだ。幽鬼の無念さに心が引きずられすぎて、代書屋としての本分を忘れかけていた。

宛先《あてさき》を探す役に立つのではないかと思ったのに、瑞側妃が生きていると知って、混乱してしまった。文字を書きすぎて真っ黒になった紙のように、すべてがぐしゃりと塗りつぶされてしまったのだ。そのひとつひとつをよりわけて、文字を別々に読みなおせば、また見えてくることがあるのかもしれないと冷静になる。

「そういえば、幽鬼というのは死んでいるわけですから、泰山府君が禄命簿《ろくめいぼ》を見てくだされば、誰に宛てて手紙を書きたかったのか、すぐにわかるのではありませんか」

思いがけず、背中を押されたせいか、図に乗って気になっていたことを訊《たず》ねてみる。

しかし、さすがにあさはかな考えだったらしい。また、ふん、と鼻で笑い飛ばされてしまった。

「私からすれば人間など、おまえたちにとっての蟻のようなものだ。ひとりひとりの来し方行く末をなぜ泰山府君が気にかける必要がある？」

「わたしは蟻ですか」

「蟻だな。神の前ではいつ踏みつぶされるともわからぬ。気をつけて物申すがいい」

「では、矮小《わいしょう》な蟻の身でおうかがいしますが、なぜ神の力で仕事を一瞬で片付けられないのですか？」

「うっ……そ、それはだな……神にもいろいろと都合というものがあるのだ」

泰山府君の気分を表しているのだろうか。無数の霊符がふわりと壁のように周囲に舞いあがり、それ以上の質問は許さないという空気を感じる。どうやら、神にもできないことがあるらしいとわかったところで、積まれていた竹簡がなくなった。

「では、わたしは帰らせていただきます。どうぞ今後ともご贔屓《ひいき》に」

代金は通行料として相殺されるから、可不可がいたら「こんなの単なるただ働きじゃないですか。赤字ですよ」と文句を言われそうだ。それでいて、話を聞いてもらったおかげで、すっきりとした気分になっていた。

神を相手に「友だち感覚」というのも不遜な話だが、茶飲み友だちと世間話をするというのは、こういうふうであろうかとも思う。

しかし、陽界へは早く帰ったほうがいいだろう。また泰廟《たいびょう》で死んだと噂を立てられたら、『黄泉《よみ》がえりの娘』という渾名《あだな》に信憑性《しんぴょうせい》を与えるようなものではないか。あるいは、今度こそ、とっとと墓のなかに埋められてしまうかもしれない。筆を整え、道具をしまって拱手《きょうしゅ》一礼。足早に去ろうとした背中に、よく響く声が追いかけてくる。

「そうだ、代書屋。祭祀《さいし》の手伝いで後宮に行くというのは好都合だ。その霊廟とやらをよく探ってみるがいい」

――思わぬ水を向けられてしまったのだった。

〈三〉


現世に戻れば、夏月が泰廟で倒れたことはまた噂になっていた。

「おい、見ろ……藍家のご令嬢だ。また死んで息を吹き返したとか言う……」

「あれが例の黄泉がえりの娘……」

(夕刻で人が少なかったはずなのに、どうしてこうなってしまうのでしょう……)

前回のように三日間寝ていたよりはましだが、今回の冥府行きも丸一日意識がなかったのだと言う。参拝者のなかに『黄泉がえりの娘』という噂を知っていた人がいて、いち早く藍家に知らせてくれたのは助かった。本人に死んだ意識がないとはいえ、父親も可不可も心配していたのだろう。二回も死にかけたせいで完全に腫《は》れ物扱いだ。

(仮死状態にならないで冥府に行く方法がないかどうか、今度、泰山府君に聞いておかなくては……)

「女官勤めをはじめて早々、休む羽目になるなんて……」

「奥様からはほとんど殭屍《キョンシー》扱いでしたしねぇ……墓に埋められなくてよかったですね」

可不可は以前自分が夏月を殭屍扱いして霊符を貼りつけたことなど忘れたかのように、しみじみと言う。父親の後妻というのは厄介なものだ。夏月にとって血の繋《つな》がらない素《す》徳《とく》は親ではない。それでいて、嫡母の彼女は発言力があるのだから、完全に無視するわけにはいかなかった。

(しばらくは、なるべく本家には近づかないでおこう……)

さんざんな目に遭ったが、泰山府君と話したことで収穫もあった。

(神の気まぐれかもしれないが……通行料を払ったというより、実際にはわたしのほうがもてなされた気がする)

その恩返しというのもおかしいが、泰山府君の手伝いもしっかりやらなければという使命感とともに夏月は城に勤めに上がった。

「なんだ、もう辞めたんじゃなかったのか」

写本府に顔を出すなり、桑弘羊の歓迎を受けた。急な休みのあとだから、後宮ではなく外廷の官衙《かんが》に来るように言われていたが、役人たちの態度はあいかわらずだった。

(仕事はやる気がなさそうなのに、女官の追いだしだけは団結するというのはどうなのでしょう)

目を合わせない役人のなかには、夏月を追いだしたいというより、首謀格の桑弘羊に逆らえないのだろう。申し訳なさそうな顔をした者もいた。もっとも、他部署の役人と結婚するために辞められたら面白くないという彼らの気持ちは痛いほどわかる。元婚約者の朱銅印と再会したあとだから、夏月だって腹いせをしたい気持ちはあるし、腰かけの女官に教えるのは嫌だという主張もわかる。

(でも……)

今日もまた天窓が開かれた室内には、ゆるやかに風が吹いている。高い天井に文鎮を置きかえる音がかすかに響く。思っていたほど本も書もなくてがっかりしたが、夏月としては墨の匂いがする写本府が嫌いではない。

（もし、あの冥府の神に写本府の話をふったら、なんて答えてくれるのだろう……やりたいようにやれ？　それとも後宮の秘書庫を探るのが先だとでも言う？）

――『おまえがどうしたいのかをよく考えてみるがいい』

自分で思っていた以上に、泰山府君の言葉が心の底に残っていて、ふとした折りに浮かびあがる。冥府のことを思えば、豪奢《ごうしゃ》な御殿が脳裡によみがえり、随所に置かれていた石に刻まれた対句や詩が目蓋の奥をよぎった。

（あれはいつか、近くに行って碑文から拓本をとらせてもらえないだろうか）

そんなことを考えてしまうくらい、壁や断崖《だんがい》絶壁に無数の書が刻まれており、冥府では気分よく書き入れの手伝いができた。あの豪奢な御殿と比べてはいけないのだろうが、写本府の飾り気のない部屋を見ていると、どうにも落ち着かない。

（不思議だ……いままで、そんなことを考えたことはなかったのに、思っていたよりもわたしは……）

――欲が深いらしい。

もし、『灰塵庵』が写本府と同じくらい簡素な店構えだったとしたら、客はどんな反応をするだろう。ただでさえ、女が代書屋をやるわけがないと思われているのだから、

店を間違えたと言って、帰ってしまいそうだ。夏月自身、拙《つたな》い客商売で身に沁《し》みているだけに、
室内の雰囲気作りというのは大事だ。出世の登竜門から外れ、己の不遇を悲観しているとい
写本府の役人のやる気のなさは、出世の登竜門から外れ、己の不遇を悲観しているとい
うだけではない気がした。

「均扇楼の玄関に書いたような、土壁の墨書は流行《はや》っているし、文字に勢いが出て迫力
があるけど、さすがに役所の壁に墨書というのはまずいでしょうか……」

壁書というのは、律令のお知らせをする意味もあるが、誅殺《ちゅうさつ》の予告といった檄文《げきぶん》の意
味もある。書く内容によっては違う意味に受けとられそうだ。ぶつぶつと独り言を言い
ながら、自分の書きたい文字の姿形を頭のなかで固めていく。

「泰山府の御殿のように書を石に刻むのも美しいけれど、手間暇がかかるし、室内向け
の装飾とは言えませんし……」

（やはりここは原点回帰です。わかりやすく格言の扁額《へんがく》でいきましょう）

夏月は役人たちが使う机の周りを歩き回り、どこの壁がよく見えるか確認したあげく、

「ここに大きな筆はありますか？」

と気弱そうな役人に尋ねた。

「え……ええ、筆ならこちらの部屋に用途別に吊《つる》してあります」

夏月の勢いに圧倒されたのだろう。役人は思わずと言った様子で案内してくれる。さ
すがに書をなす専門の部署と言うべきか。筆かけ用の一部屋があり、様々な種類、様々

な大きさの筆を吊してあった。

「馬、狸、人毛……羊毛……」

毛の種類別に並べられたなかから大きさを吟味し、指先で筆の弾力を確かめる。まるで床を掃く箒《ほうき》のごとき大筆は、先日酒楼の壁に書いたのと同じような筆だ。写本府には文字を書くために必要な物は一通り揃っているからありがたい。自分の腰まである特大筆を選び、次に平らな整理棚から大きな紙を選ぶと、折れないように四枚、板の上に載せて、空いている作業机まで運んでいった。硯《すずり》では足りないから壺《つぼ》を用意し、女官服の袖《そで》を紐《ひも》で留める。

夏月が忙しく動くのを、なにをはじめたと思ったのだろう。手伝いを頼んだ青年以外、役人たちは遠巻きに眺めていただけだったが、ここに来て、夏月のしていることが洪緑水に頼まれた作業や官吏の手伝いではないと気づいたようだ。桑弘羊が夏月の手を摑《つか》み、苛立《いらだ》った声をあげた。

「おい、なにをしているんだ。女官が勝手なことをするな！」

「すぐに終わりますから、少々お待ちください」

夏月は桑弘羊の制止など意に介さず、平然と墨を摩《す》り、壺に流しこんだ。その墨を見て、また桑弘羊が悲鳴じみた声をあげた。

「おまえっ、その墨……書類用の安い墨じゃないぞ！　紙だって上等なやつで……女官ごときが無断で反古《ほご》にしていいと思っているのか！」

声を張りあげてもいっこうに動きを止めない夏月に激昂《げっこう》したようだ。桑弘羊は部屋の隅にあった懲罰棒を手に、大きく振りかざした。ひゅん、と懲罰棒がしなる音に、さすがの夏月でさえ痛みを覚悟したそのとき、

「やめなさい、桑弘羊」

いつのまに来ていたのだろう。洪緑水が懲罰棒を掴んで厳しい声を発した。

「洪長官、ここは外廷の役所です。夏女官の勝手な振る舞いは、女官の領分を逸脱しており、律令を破る者には厳しい処罰が必要です」

「もちろん、規律を破ることは許されないが、今回のことは私が許可する。夏女官、つづけなさい」

打たれなくてよかったが、もとより夏月は手を止めるつもりはない。小さくうなずいて、そのまま筆を走らせた。

吹きこんだわずかな風に簪《かんざし》の歩揺が揺れ、ちりん、と涼やかな音を立てる。

外廷のなかでも城壁際のひと気がない場所だから、写本府はいつも静かだ。静謐《せいひつ》と言えば聞こえがいいが、どちらかというと停滞し、澱《よど》んだ空気が吹きだまっている。それが建物から吐きだされるものなのか、勤める官吏たちから吐きだされる鬱屈《うっくつ》とした感情のせいなのか、夏月には区別がつかない。

「昔者、蒼頡作書而天雨粟、鬼夜哭。鬼恐為書文所劾、故夜哭也……」

ふと、伝説に謳《うた》われる蒼頡《そうけつ》という人が文字を作ったときの逸話を思いだして呟《つぶや》く。

文字という発明のあまりの凄《すさ》まじさに、天は粟を降らせ、鬼は文字を恐れるあまり哭《な》いたのだと言う。その逸話さえ、書物として編纂《へんさん》されなければ、後世に残らなかったかもしれない。そう思うから夏月は文字を書きたい。もっともっと残したい。

――文字を書くという行為は、本来、ただそれだけでとうとい。

昔の出来事でも書物にさえ著しておけば、百年後、二百年後にまで知識が残ることの意義はもっと計りしれない。そんな想いをこめた夏月の呟きを瞬時に理解できた者は少なかったのだろう。みな、ほうけた顔をしていた。それを見て、洪長官が遠回しに部下の行動を非難する。

「文字を書く者を恐れるのは……桑弘羊。自分が弾劾されるのを恐れる魑魅魍魎《ちみもうりょう》だけだと、そう言われたのだぞ」

本人も言葉の意味を知っていたのだろう。顔を真っ赤にして、言葉に詰まっている。

「伝説の言う『書を恐れる鬼』とは、普通の幽鬼――人間の死者ではなく、形のない精霊や魑魅魍魎だとされている。古代の彼らは名付けられ、正体を暴かれることで力を失うことを恐れたのだとか……」

洪長官の説明で、何人かの官吏は得心が行ったようにうなずいていた。初めて文字が現れたときの影響力の凄まじさと怖ろしさは表裏一体といえる。文字ができたことで国家の統一が進み、万民は律令に怯《おび》えるようになった。

「それほど、文字を著すということは畏怖《いふ》すべき偉業だったのだ」

やわらかい筆先は、硬い竹筆のような直線的な動きにはならない。手の動きとの、うねるようななずれを意識しながら、一画ずつ、墨を摩った壺に筆をつけてはまた一画と、筆を走らせる。自由闊達《かったつ》な筆捌《ふでさば》きのために、紙に手をつけずに大きい筆を動かすのは、見た目よりも重労働だ。夏月の額には汗が浮きあがっていた。

一画一画の止め払いを意識して動かし、自分の頭より大きな一文字を仕上げる。

さっきまではいつもの写本府だった。気《け》怠《だる》くて無気力で、澱んだ空気が漂っていた空間が、いまは見違えるようだ。一文字書くたびに、袖で無造作に汗を拭《ぬぐ》う少女を中心に、得体の知れない渦が蠢《うごめ》いている。役人たちはみな仕事の手を止めて、夏月の一挙手一投足を見守っていた。ふーっと長い息を吐いた夏月は、壺の端で筆を整えた。息を吸いこんで止める。文字を書くときに呼吸をしていると字がぶれるから、集中すると、自然と息を止めてしまうのだ。

水を打ったような静けさのなかで、夏月は筆を紙に下ろした。みんな息を詰めて眺めているなか、筆を走らせる音だけが響く。『矢』の字の左下を払い、『口』の字の横棒を勢いよく引いて、力強く止める。

「格・物・致・知――」

物事の道理を追究し、知識もまた極める。

「それ、すなわち、書物なり……ということか。なかなかいい言葉ではないか。我が写本府にぴったりの言葉だ。さすがは代書屋」

手を叩《たた》く洪緑水はまるで自分の手柄のようによろこんでいる。一方で緊張感の解けた官吏たちは、どこか夢から覚めたばかりのような顔をして、中心にいる夏月を見ていた。

「代書屋って……この娘はただの女官じゃないのですか？」

桑弘羊が不審そうな顔つきで、夏月と洪長官を見比べていた。その顔はあきらかに、女の代書屋なんているわけがないと言っている。ここまで来ると、桑弘羊は女官がと言うより夏月が気に食わないのだろう。

（この人に認めてもらうのは時間がかかりそうだ）

それだけ心にわだかまりを抱えているとしたら、それは自分と似た者同士だということなのだろう。

――文字を書くことが好きなのに、書くことで他人から受け入れられないという劣等感を抱えている。

そう考えれば、夏月は自分を嫌うこの官吏が嫌いになれなかった。

「広く、世のなかに真理を問うための仕事をなさっているのですから、その仕事場に格言のひとつくらいないと格好がつかないと思いまして」

夏月が流れる汗を拭うと、墨が撥《は》ねていたのだろう。洪長官が苦笑いを浮かべて、

「確かに君の言うとおりだな……これは私の気が利かなかった。しかし、夏女官……頬が真っ黒ではないか。結婚相手を探しに来たわけではないといっても、顔を真っ黒にした女官も困る」

手巾《しゅきん》で頰を乱雑に拭《ふ》かれて、夏月もそれはそうかと思う。

「申し訳ありません。筆を洗うついでに顔も洗ってきます」

筆の先に墨をつけたままだと、筆が傷んでしまう。大きな筆を抱え、夏月は外の水場へと急いだ。

† † †

夏月が去ったあと、写本府はいつになくざわついた空気になっていた。

役人たちはみな仕事の手を止めていたが、仕事をやる気がない、いつもの様子とは違う。夏月の書いた格言を眺めて熱心に議論している。

「どうだ、桑弘羊……私が顔を拭いてやっても顔色ひとつ変えないとは……興味深い娘だろう？」

洪緑水はいつになく目を輝かせた部下を満足そうに眺めた。大きな紙に一字ずつ書かれた『格物致知』という文字が、写本府を支配するように複数の作業机にまたがって置かれている。洪緑水は文字のひとつひとつをためつすがめつ眺めて、乾いたら紙を繋《つな》いで額装するように部下に命じた。

「それは確かに……しかしこの書体は……」

このなかで洪緑水に意見しているのは桑弘羊だけだ。ほかの役人たちもいつになく頰を紅潮させて話してはいるが、もう出世欲は枯れ果てた顔をしている。好奇心も知識の探求も、遠い昔に忘れてしまったと言わんばかりだ。

無精髭《ぶしょうひげ》を生やした外見からはわかりにくいが、桑弘羊は写本府で一番若い。上司に窘《たしな》められてもなお夏月のことが許せないようで、洪緑水に食ってかかった。

「あの娘は誰に師事したのですか？　これは市井の代書屋ごときに書ける字ではありません。私はかつて燕雲《えんうん》の太学で似たような書体を見たことがあります……天原国の碑文で、かの書聖の題辞でした……」

「天原国の書聖――譚暁刻《たんぎょうこく》か」

もちろん洪緑水も名前は知っている。書の蒐集《しゅうしゅう》家の誰もが欲しがる書家をひとり挙げよと言われれば、まっさきに名前が挙がる――それが譚暁刻だ。いくつもの書体に通じ、書を崩して流麗耽《たん》美《び》な筆記体を確立させた唯一無二の存在だった。

碑文や公文書では読みやすい書体が好まれるが、好事家たちには、筆の流れを感じられる崩し字の書が人気が高い。天原国の書物は表立って出てくることはないが、譚暁刻の書はいまだに高額で取引されているのだとか。

「譚暁刻とは……あの譚暁刻か？　宰相として名高い……」

「まさか譚暁刻に弟子なんていたのか？　いやそれより、譚暁刻と言えば天原国の……」

一瞬前とは違う、とまどいまじりのどよめきが広がる。ただなりゆきを見守っていた官吏たちの顔に不安と疑念が渦巻いた。この場にいるのは官吏で、けして噂好きの町人というわけではない。それでもひそひそと言葉を交わさずにいられない、それだけの力が『譚暁刻』という名前にはあった。

「推測で物申すのはよくないな……桑弘羊。そもそも、譚暁刻と言えば、天原国の宰相を務めた、六聖公のひとりだ。天原国が琥珀国に滅ぼされて、もう百二十余年になる。もし、生きていたら、それはもう人間じゃない。尸解《しかい》した仙人だろう」

洪長官が手を叩いて場の空気を収めると、役人たちは「それもそうか」と苦笑いを浮かべている。役人たちがざわつきながらも仕事に戻る様子を確認し、洪緑水は桑弘羊を手招きして、長官室に呼んだ。

「申し訳ありません……うかつなことを申しました。しかし……もし本当にあの娘が譚暁刻と所縁《ゆかり》があるのなら放ってはおけません。天原国の間諜《かんちょう》だと疑われたら、雇っている写本府にも咎《とが》めがあるかも……」

天原国の六聖公――それは官僚にとっての最高峰であり、目標でもある。律令と官僚制度で知られた天原国では、国の中枢に位置する高官には特別な色の袍《ほう》を纏《まと》わせて、そこに六聖公ありと知らしめたという。なかでも、天原国滅亡直前に宰相を務めた譚暁刻は、その辣腕《らつわん》とともに書聖として、いまでも名高い。

琥珀国の王にとって天原国は敵国に当たる。その王でさえ、譚暁刻の美しい書を燃やすことを惜しみ、書家たちの嘆願を受けて一部の書を残すことを許したのだとか。科挙を受けて官吏を目指す者なら誰でも知っている、伝説と化している官吏だ。

「家の名を伏せてほしいと言われたから、『夏女官』という仮の名を用意したが、彼女は藍家の令嬢だ。藍家が所蔵していた譚暁刻の書で学んだという可能性はあるが、間諜はない。それなら、紫賢妃も間諜ということになってしまう」

「藍家のご令嬢？　なんでまたそんな娘がうちに？」

「秘書庫に興味があるというから、女官をやらないかと私が誘ったのだ。あのようにいい字を書くから、もったいないと思ってな」

　桑弘羊は一見、無骨でやる気がない素振りを見せながらも元来は優秀な男だ。辞めさせたほうがいいと文句を言う一方で、彼自身も夏月の書に心を動かされたのが目を見ればよくわかった。ほかの部下たちもそうだ。無気力な顔をしていた彼らが、夏月の書を見て譚暁刻の名前を聞いたとたん、いつになくうれしそうに議論していた。夏月が去ったあとの写本府の空気は、いつもと同じようでいて、なにかが確実に違っていた。

「私はな……桑弘羊。万が一、夏女官が本当に譚暁刻の弟子であってもかまわないのだ。天原国の知識を持つ者はいまとなっては貴重だ。王命の祭祀《さいし》はもちろん、残された天原国の秘書があるなら、ぜひ手元に集めてその知識を読み解きたい……そのために、彼女を手元に置いておきたい」

　上司から熱の入った思惑を聞かされ、部下としては不承不承ながら納得するしかない。

「それはない」

　洪長官は部下の杞憂《きゆう》を一刀両断に切り捨てた。

それでもと桑弘羊は反論した。

「私は反対です。確かに憧《あこが》れの六聖公、憧れの書聖ではありますが、黒曜禁城で発するには不吉な名ではありませんか」

いくら写本府が閑職とはいえ、外廷は常に権力闘争の駆け引きが行きかう場所だ。他人に知られたら足を引っ張られる要素はないほうがいい。もう出世をあきらめた素振りをしておきながら、桑弘羊はこういうところが真面目だと洪緑水は笑ってしまう。

彼は彼なりに、本気で上司を心配して夏月のことを嫌っているのだ。だが、部下には悪いがと思いつつ、洪緑水はこの状況を楽しんでいた。

「そうだろうか……名前を呼べば、案外、幽鬼となって訪れるかもしれないぞ？　なにせ、ここ——黒曜禁城はもともと、天原国の城だったんだから」

思わせぶりに窓の外を眺めながら言う。慌てた桑弘羊は上司の言葉を封じるように、

「しぃっ」と人差し指を立てた。

「そんなことを堂々と言わないでください。それは城内では禁句ですよ」

口にしてはいけない言葉というのは、いらない災いを呼びよせるのだろう。部下たちは普段、天原国という言葉すら存在しないかのように扱っている。その気持ちもわかるから余計に、天原国に関わりのある祭祀の手伝いを彼らに任せるわけにいかなかった。

百二十余年というのは、微妙な時間だ。表立っては忘れられているが、まだ市井には、ここが天原国の都だったことを覚えている者が数多くいて、国王は滅んだ国の名に敏感

だ。残された王族がいると噂が流れれば、真偽を問わず残党狩りが行われたくらいだ。

書聖・譚暁刻の名前でさえ、国王の前で褒めたたえようものなら、首が飛ぶことを覚悟しなくてはならないだろう。

「……はじまりは彼女に代書を頼むと手紙が必ず届くという、ただの噂だったのだ……くだらないと思いながら、ほかに手立てもなく頼んでみたら、本当に手紙が届いた」

「それは単なる偶然でしょう」

即座に否定する部下の言葉が、不承不承、代書を引き受けたときの夏月と重なる。案外、似た者同士なのかもしれないという言葉を洪緑水は胸の裡《うち》だけにとどめた。

「おそらくそうだろうが……あの娘を勧誘した私の眼力も捨てたものではないと、いまさらながら思っているところだ」

洪緑水は長官室の椅子に座り、これからしばらくは退屈しそうにないとばかりに微笑んだのだった。

第三章　匣のなかの匣のなかのさらに匣のなか

〈一〉

翌日、夏月《かげつ》は巾包《きんづつ》みを抱えて、急ぎ足で歩いていた。今日は出仕したら後宮に直接行くようにと言われており、朝、黒曜禁城《こくようきんじょう》に来て内廷の門をくぐり、まっすぐに秘書庫に向かう。ようやく辿《たど》りついた夏月が、逸《はや》る気持ちを抑えて呼び鈴の紐《ひも》を引っ張っていると、

「おや、あなたは新しい女官ですか？」

後宮で聞くにしては低い声で話しかけられた。不思議に思ってふりむくと、思いがけないほど近くに男性が立っていて、ぎょっと目を剝《む》く。濃い緑の交領襦裙《じゅくん》を涼やかに着こなした貴人だ。背後に宦官《かんがん》を連れていることから、身分の高い人だとわかる。

（ここは後宮なわけで……宦官でないなら、まさか国王陛下!?）

あわてて手と手を合わせて揖礼《ゆうれい》したものの、国主なら黄色い袍《ほう》を纏っているはずだと

気づく。いったいこの方はどなただろうと夏月が身の処し方に迷っていると、天の助けのように老宦官が秘書庫のなかから現れた。

「第一王子殿下にご挨拶《あいさつ》申しあげます」

思いもかけない身分を聞かされ、夏月ももう一度、礼の姿勢をとる。

（第一王子殿下……この方が？）

まさか王族と遭遇するとは思わず、背中に冷たい汗が滲《にじ》んだ。王子について調べてはいたが所詮《しょせん》は書類の上でのことだ。名前と顔が一致しているわけではなく、礼儀作法もおぼつかない。失礼のないように頭を下げているだけで精一杯だった。青年と言うには年をとっているが、老人と言うにはまだまだ若い。ものやわらかな雰囲気のなかに中年の色香が漂う、顔立ちのいい王子だ。もし、男性を見慣れていない後宮の女官が見たら、のぼせあがってしまいそうな優雅さがあった。

「ああ、寒掖《かんえき》。頼んでいた祭祀の資料は見つかったか？」

「ご用意してありますので、こちらにどうぞ」

老宦官・寒掖は第一王子をなかへと案内する一方で、夏月には早く行けという合図をした。王子につづき、お付きの宦官が奥へと消えるのを見て、夏月はすばやく秘書庫の二階へと上がる。なぜだか、彼のそばにいたくなかった。息を切らして急な階段を上った先には見慣れた洪《こう》長官と眉子《びし》がいて、夏月はほっと息を吐いた。

「夏《か》女官？　どうかしたのですか？」

よほど引きつった顔をしていたのだろう。眉子が心配そうに椅子を勧めてくれた。

「いま、お茶を淹《い》れてきますね。座っていてください」

やさしい気遣いのおかげで、乱れていた息が少しずつ静まってくる。

「実は秘書庫の前で、第一王子殿下にお目にかかりまして……まさかそんな身分の高い方と遭遇するとは思わなくて、焦ってしまいました」

「第一王子殿下とは媚州王《びしゅうおう》か？　もしかして祭祀のことで来たのか？」

下で話す声は聞こえてこないが、二階の物音を聞かれたくないのだろう。洪長官が声をひそめて言う。

「は、はい。そういえば、祭祀の資料とおっしゃってました」

なにか思うところがあるのだろう。夏月の答えに洪緑水《りょくすい》は険しい顔になる。

「なるほど……祭祀をするのは媚州王か……そのほうがいいのだろうな」

（媚州王というのはどこかで聞いたことがある名前のような……）

記憶をよぎる影を必死に摑《つか》もうとして、夏月は「あっ」と声を漏らした。

聞いたことがあるはずだ。媚州王——それは、後宮で道に迷ったときに幽鬼らしき女官が教えてくれた名前だった。

「第一王子殿下……あの、差しでがましいことをおうかがいしますが、もしかして媚州王殿下のお妃様《きさき》は亡くなって……おられたりしますか？」

考えられる範囲で出した結論はそれだ。琵琶《びわ》柄の襦裙の妃は後宮の妃かと思ったが、王子の妃という可能性もある。しかし、眉子から滅多なことを言わないようにと顔をしかめられ、「しぃっ」と唇に指を立てられただけだった。

「媚州王殿下の妃が亡くなったという話は聞いたことがないな……だが、なぜそう思ったのだ？」

洪長官からも厳しい調子で質問を返され、夏月は息をひゅっと呑《の》んだ。

「いえ、どうやら人違いのようでした。以後、気をつけます」

幽鬼のことを説明するのは難しいし、信じてもらえないだろう。ひとまず、媚州王がさきほどの王子だとわかったのは収穫だ。

（女官の幽鬼と琵琶柄の襦裙の幽鬼との関係はわからないけど、もし公の関係なら、『騙《だま》されていたんです』という言葉は出てこないし、あんな警告はされないはずだ……）

――『琵琶柄の襦裙の妃に近づいてはいけません……鬼灯《ほおずき》のあるところ……媚州王には気をつけて……』

後宮の女官に対して、親しげに話しかけてきた媚州王の様子が妙に気にかかった。それとも、夏月ではなく、朱銅印《しゅどういん》といい仲になったという前任者と親しかったのだろうか。

（いや、王子殿下に声をかけられていたなら、あえて朱銅印様をとるわけがないか）

小役人風を吹かせる元婚約者と王子の顔を見比べて、夏月は自分の妄想を恥じた。なにを考えても推測の域を出なくて、夏月はいったん思考を止める。

「夏女官、媚州王殿下がいなくなったら、私たちも行くぞ」

「え、どこへですか？」

秘書庫にやってきたばかりの夏月は、話の流れがわからずに、洪長官と眉子の顔を交互に見比べた。

「もちろん――霊廟《れいびょう》だ」

やけに真剣みを帯びた声で言われて、夏月は洪緑水の整った顔をまじまじと見つめてしまった。

† † †

（後宮というのは不思議なところだ……）

夏月はつくづくとそう思う。何度か通ったおかげで見知った風景も増えてきたのに、来るたびに違う表情を見せる。まるでめまぐるしく姿を変える陽炎《かげろう》のようだ。美しく幻想的でいて、とらえどころがない。だいぶ道を覚えたと思ったのに、気を抜けばすぐに迷ってしまいそうだ。夏月がとまどう一方で、洪緑水はどうやら通いなれた道らしい。迷いのない足どりで築地塀《ついじ》に囲まれた通路を進んでいく。

高い塀に囲まれた通路は太陽の位置を確認していないと、すぐに方向がわからなくなりそうだ。それくらい、ぐるぐると方向転換し、あるいは跨道橋を越えて進んでいる。ずいぶん遠くまで来たと夏月が思ったところで、白い壁に切られた円形の洞門が見えた。

控えている門衛に、身分を証明する令牌《れいはい》を差しだして名前を告げている。

「写本府の洪長官だ。一緒にいるのは同じく写本府の夏女官」

形式的に名乗りをあげているが、門衛は洪緑水の顔を知っていたようだ。こういうのは、ちょっとした仕種《しぐさ》で違いがわかる。門衛は、「ああ」と洪緑水の顔をはっきりと確認して、拱手《きょうしゅ》して礼を尽くしたからだ。

「ここから先は……後宮の女官でも許可がなければ入れない場所だ。なかで見たことは他言しないように」

いつもは調子のいいことばかり言う洪緑水が、珍しく警戒した様子で注意する。洞門をくぐったあとで、そんなことを言われても困る。夏月が断れないように、あえて伏せていたとしか思えなかった。

「そういえば、朱銅印とは正式に婚約破棄が決まったのか？　藍《らん》家の令嬢ともなれば、婚約したいという話は捌《さば》けないほど来るだろうが……」

塀に囲まれた園林を進みながら、おもむろに洪緑水が口を開いた。重苦しい空気を和らげようと思ったにしても、よりによってなぜその話題を選んだのだろう。眉間《みけん》に皺《しわ》を寄せた夏月は、さすがに不機嫌さを孕《はら》んだ声で答えてしまった。

「その話、いま必要ですか？」

「もちろん。部下がすぐに結婚退職するかどうかは、上司としては重要なことなのだよ。いなくなるなら、また員外で雇い入れる必要があるのでね」

洪緑水は悪びれずに答える。

（この上司は、ああ言えばこう言う……）

少し呆《あき》れたが言っていることは理解できた。ようするに、個人的な興味ではなく円滑に写本府を運営するために必要な情報収集だと言いたいのだろう。

「婚約破棄など慣れてます。できれば、結婚せずに食べていきたいと思ってますので、ご心配なく。そもそも、写本府の女官が朱銅印様と親しくなり、わたしとの婚約を破棄したいという話に至ったわけですから、上司である洪長官の管理不行き届きで婚約破棄されたと言えなくもないですよね？」

「朱銅印とのことは確かに私の責任でもあるな。しかし、慣れるほど婚約破棄されているというのはどうなのだ？　結婚しないと言っても藍家の令嬢が許されるのか？」

何気ない世間話のようで、夏月の心につきささる一言だった。放たれた矢が不意に真《ま》芯《しん》をとらえるように、言葉遣いのやわらかさに似合わず、鋭いところをつく。

夏月を傷つけようという意図があったわけではないのはわかる。それでいて、洪緑水の言葉は、ときどき夏月があまりにも世間知らずの箱入り娘でしかないという現実をつきつけてくるから、言葉に詰まってしまう。

――『なにがしかの違和感をおまえがとらえているから気にかかる』

泰山府君《たいざんふくん》の言葉がよみがえり、どきり、と夏月の心臓が嫌な一打ちをした。自ら世間話をはじめたくせに、洪緑水はまたすたすたと先を行ってしまう。いくら上司とはいえ、身勝手が過ぎないだろうか。身長差があって歩幅も違うのに、思いつきで足を止め、人の気持ちを乱したあげくにさっさと歩きだされたら、ついていくのが大変ではないか。

——『結婚しないと言っても藍家の令嬢が許されるのか？』

本当に嫌なところをつく上司だ。やはり城勤めなんて向いてなかったのかもしれないといますぐ踵《きびす》を返したくなる。しかし、媚州王と幽鬼の関係は気になるし、泰山府君の手伝いもある。上司が嫌だという理由で辞めるわけにはいかない。

（そもそも、上司と反りが合わないなんてよく聞く話ですし）

自分で自分に言い聞かせて、苦い感情を呑《の》みこむ。まだ勤めはじめだし、他人との距離感が摑めないだけだ。もうほんの少し頑張ってみようなどと前向きに考えているうちに、目的地に着いたらしい。庭木をぐるりと回ったところで洪緑水が立ちどまる。あたりに漂う神聖な雰囲気に気圧《けお》されて、夏月もはっと足を止めた。

顔を上げた先には、巨石を組みあげた祠《ほこら》があった。庭の奥まった場所にあるにしては、その寸法の感覚が歪《いびつ》に感じるほど大きい。こんな巨大なものなのに、近くに来るまでよく気がつかなかったと感心してしまう。それぐらい、巨石の威容は圧倒的だった。巨石には細かい字で碑文が刻まれ、周囲にも石碑が林立し、どこか泰山府君の御殿と似た雰囲気を放っていた。

屋敷の屋根付き門のように大きな一枚岩を、どうやって持ちあげたのだろう。左右の壁面も巨石、上に乗るのも巨石。その間には、あとから造りつけたものなのだろう。鋲《びょう》を打った木製の扉が設《しつら》えられていた。近くに立てられた棒には五色の吹き流しが飾られている。自然にできたものではない。人の手で組まれたとわかるだけに、なおさら感嘆させられていた。

「ここは……霊廟ですか」

「そうだ。王族の祖霊廟《それいびょう》になる」

あっさりと言われて、夏月は息を呑んだ。祖霊廟というのは、ようするにお墓のことだ。琥珀国《こはくこく》では現世の繁栄は先祖供養の賜物と思われており、そこに参るのは血縁者だけということになっている。姓が違うよそ者は、たとえ姻族でも足を踏み入れないのが慣例だった。

琥珀国における祖霊廟というのは、異国の者には想像もつかないほど重要な一族の拠《よ》りどころなのだ。身分の高い人の墓——王族の祖霊廟ならなおさらだ。庶民がおいそれと近寄れない王族の秘奥のはずだった。しかも、夏月はつい先日雇われたばかりの員外の女官だ。こんな重要な祭祀《さいし》の場に連れてこられるとは思わず、背筋に冷や汗が滲《にじ》む。

「ところでなぜ、霊廟の発掘調査に、眉子ではなくわたしを連れてきたのでしょう？」

「それはもちろん、夏女官の古文経の解析能力を買ってのことだ。毎回、同じ人間が調査をするだけでは、なかなか新しい発見は得られない。我々にはうねった模様にしか見えないものが君には文字として読めるように、知識の違いが視点の違いに繋《つな》がることもあるだろう」

いつもにこやかな仮面をかぶっている洪長官にしては真顔で言われて、夏月は思わず息を呑んだ。

「もしかして、解読させられていた巻物は、ここから発掘されたのでしょうか？」

「どうやらそうらしい。十二年に一度しか行われない鎮霊祭の関連書物として、あの巻物が保管されていたのだが、六儀府では誰も詳細がわからないのだとか」

「誰も詳細を知らない祭祀ですか……」

本当にこの女官勤めは正しかったのだろうかと、嫌な冷たさを伴って鼓動がどきどきと速まった。夏月の、天原国《てんげんこく》の古文経を読み解けるという知識は、それだけで夏月や藍家一族郎等を死に追いやる危険を孕んでいる。

（わたしの知識欲のために、お父様やお姉様を巻き添えにしたくない……）

それぐらいのことはいくら夏月でもわきまえている。それでも、うず、と夏月のなかで好奇心が鎌首をもたげていた。

（琥珀国王族の霊廟に入るなんて経験は、もう二度とできないかもしれない……）

そう思うと、さっき女官を辞めたいと思ったことも忘れて、早くなかに入りたくなってしまう。結局は畏《おそ》れより好奇心が勝つのが、夏月の気質なのだ。

「まずはこの祖霊廟に祀《まつ》られている方について説明しようか。太祖からの国王が三人、王妃はいない。ほかに八人の王子が合祀《ごうし》されており、石棺は十一ある」

「石棺は十一……ということは、なかはさして広くないのでしょうか」

泰廟にある藍家の巨大な墓を思いだして、夏月はそれならまだましだろうかと、ほっと胸を撫《な》でおろした。墓は大きいほうが子孫繁栄に繋がるとされ、巨大であるがゆえに一族郎等が入っていることが多い。正確に数えたことはないが、藍家の墓に入っている石棺は十一より多いだろう。父親は石棺を二階建てにできないかと、石工と相談していたくらいだ。藍家の霊廟の場合はその近くに祭祀用の廟堂が立てられており、一周忌などの法事のときにはそこに道士を呼び、親戚《しんせき》が集まって供養する。先日、仮死状態になった夏月が目を覚ました場所だ。

見たところ、巨石の周りには廟堂はない。どうやら、なかに入らないといけないとわかり、夏月はごくりと生唾《なまつば》を飲みこんだ。

「ところで祭祀について書かれた巻物のなかに、なぜ天原国の古文経がまじっていたのですか？」

「六儀府で保管されていた巻物は、大半が琥珀国の葬儀の祭詞で、歴代の国王が崩御なさったときのものらしい。天原国の古文経がどこから出てきたものかわからないそうだ」

「巻物はぱっと見にはみな同じに見えますからね……焚書《ふんしょ》してまで天原国の書物をなくしたのに、祭祀の巻物にまじっているなんて代々の国王の幽鬼に呪われそうです」

「代々の国王の幽鬼か……出てきたら祭祀の話を聞けていいかもな」

冗談のつもりなのだろうか。洪長官は声をたてて快活に笑った。おそらく本当に幽鬼が出てくるとは思っていないのだろう。

　一方の夏月はといえば、珍しく怖《お》じ気《け》づいていた。祖霊廟という陰の気が強い場所のせいだろうか、幽鬼の話をしたとたん、ちりん、と簪《かんざし》がまた音を立てた。後宮でときおり簪が立てるその音は、まるで霊廟に入るのはやめておけと警告しているかのようだ。できれば、その警告に従い、ここで待っていますと言いたい。しかし、夏月が口を開くより先に洪長官が入口の鍵《かぎ》を外し、両開きの扉を大きく開けはなってしまった。冥府《めいふ》への入口のごとく真っ暗い口から、びょうびょうと不気味な風が吹きあがってくる。入口に置いてあった手燭に火打ち石で火をつけて、洪長官はひとつを夏月に手渡した。

「なかに入るぞ。入ってしばらくすると、急な下り階段になっている。途中、踊り場があって方向転換しているから足を滑らせないように気をつけて進みなさい」

「は、はい」

　あとを追うように歩きだすと、階段の縁《へり》に足先が当たった。手燭の明かりだけではよく足下が見えなくて、まるで体から離れた魂が闇に吸いこまれてしまいそうだ。

　闇といっても、冥府で見た闇とはまた違う。どちらかというと、後宮の内側に入っていくときと同じ感覚だ。自分の手を折り脚を折り、体を縮めて、小さな匣《はこ》に折りたたまれていくような息苦しさに苛《さいな》まれる。

（怖い。なんだか首の後ろがぴりぴりとする……）

　夏月は慎重につま先が床についているのを確認しながら、一段一段と下りていった。

　風が思っていたより強く、気をつけていないと手燭の火が消えそうになる。かといって、ささやかな炎を守るために、壁から手を離すのも怖かった。自分の手の少し先で明かりを放っているのは、まるで自分の命の炎のようだ。もし、ここで風に吹き消されてしまったら、この闇のなかで、ふぅっと自分の命も消えてしまうのではないだろうかと、そんな妄想がわきおこる。

（まだ死にたくないと泰山府君のお手伝いを引き受けたのに、気づけば死に近づいているのは、どういうことなのだろう？）

ゆらゆらと、炎が消えそうに細長く伸びたその瞬間、闇の奥に泰山府君の顔が見えた。

「……いいえ、違う」

自分はまだ死すべき運命ではないと冥府の王が言ったのだ。それとも、生きたいと強く思えば思うほど死にまつわる場所に向かうこの感情こそが、死相を呼びよせているのだろうか。霊廟に足を踏み入れるようなときに、嫌なことを思いだすのではなかった。

足場のしっかりしたところで立ちどまった夏月は壁から手を離し、髪に挿した簪に触れた。かすかに響く涼やかな音は、不思議と気持ちを落ち着かせてくれるようだった。

（自分はまだ死ねない……）

冥府の底でそう決めたばかりだ。闇のなかで心細いというだけで心を揺るがすわけにはいかない。手燭で足下と壁を確認してから、夏月はまた先を行く洪緑水を追って、階段を下りはじめた。変化が訪れたのは、先を行く明かりが消えたあとだ。明かりが消えたのかと焦って、

「洪長官！」

と叫んだが、返事はなかった。代わりに、声の反響がおかしいことに気づいた。階段が終わり、別の場所に繋がっているせいだと理解するのに時間はかからなかった。

逸《はや》る気持ちを抑えながら足を進めると、狭い匣のなかに押しこめられていた圧迫感が唐突に消えた。

広い空間にいた。吹き抜ける風の音が、ここが巨大な風穴だと知らしめる。洪長官が燈籠《とうろう》に火をいれてくれたからだろう。洞穴の大広間はうすら明るかった。暗闇に慣れた目が、蠢《うごめ》く根に似た、複雑な細工の影をとらえる。

「祭壇……？」

夏月の口から、吐息のような声が漏れた。言葉を口にしたそばから闇と風とに搦《から》めとられていくかのようだ。広い空間独特の、音にしたそばから霧散していく感覚がした。

それでも、夏月の声はちゃんと届いていたらしい。

「そう……ここは古い祭壇だった……らしい」

洪長官から答えが返ってきた。声が聞きとりにくい気がして一歩近づくと、大きな祭壇の向こうに神像が浮かびあがる。自然の壁を穿《うが》ったところを祭壇にして、神像が並べてあるらしい。その両脇の壁には、道教の寺院でもよくあるように旗が掲げられていた。

ひとつは琥珀国王のもの。もうひとつは泰山府君を祀る旗だった。この国の王族の姓は『碧《へき》』だ。その一文字が刺繍《ししゅう》された豪奢《ごうしゃ》な旗はまだ新しく、この自然の風穴が管理された場所であることを鮮やかに知らしめている。

「まんなかは泰山府君の像だ。運京《うんけい》のあたりは昔から泰山府君への信仰が篤いから」

奇妙につきはなした、他人事《ひとごと》のような物言いだった。それが逆に彼のなかの感情が剝《む》きだしになっていることを示しているようで、夏月は珍しいと思った。わずかの間しか彼を知らないから、その直感が正しいかどうかはわからない。それでも、夏月が知る洪緑水は他人を評するときに手厳しい物言いをする一方で、あまり自分の本当の感情を見せない人のように感じていた。それは彼が若くして部署の長にまでのぼりつめているからだと考えていたのだが、

(……違う。もっと違うなにかが、この人の感情を強く抑えつけているのかもしれない)

その信念を揺るがすだけのなにかが、この霊廟にはあるらしい。

「洪長官は泰廟《たいびょう》へはお参りしないのですか？」

思わず、夏月は訊《たず》ねていた。なにせ琥珀国の庶民の大半は泰山府君を信仰している。分祀《ぶんし》された泰廟が『灰塵庵《かいじんあん》』から近いせいもあり、夏月自身、泰山府君への信仰は篤いほうだ。泰廟へは週に何回もお参りしている。なのに、洪緑水は違うのだろうかとその横顔を見つめた。沈黙でさえ、いつもの彼より感情の動きが雄弁なようで、その感情の苦い味を夏月も知っている気がした。

「廟に参ったところで、死者には会えまい」

ふいっと顔を背けた様子からは、彼のなかに霊廟に対する思い入れがあるのがうかが

える。

「洪長官にも、死者となっても会いたい人が、どなたかいらっしゃるのですか？」

夏月の言葉のささいな綾《あや》に気づいているのかどうか。青年は小さく笑って、

「そうだな……親しい人が亡くなれば、もう一度会いたいと思うのは自然な気持ちではないだろうか」

そう言った。屈託のない物言いが、やけに胸に沁《し》みる。

「自然な気持ち……」

（幽鬼に会いたいと思っていても、いいのだろうか……）

月のない夜、もぅ町中がひっそり静まりかえる時刻に、『万事、代書うけたまわります』という札とともに、鬼灯《ほおずき》を掲げていていいのだろうか。

祭壇の裏に回り、手燭《てしょく》を掲げて神像の顔を仰ぎみれば、泰山府君像は、本人より恰幅《かっぷく》がよく、髭《ひげ》を生やした中年の姿をしていた。これが一般的な泰山府君の印象なのだと告げたら、夏月の知る冥府の王はなんと言うだろう。蟻たちのすることになど、いちいち興味はないと一蹴《いっしゅう》するだけだろうか。なぜか、興味がないと言いながらも「私はこんな顔ではない」と不機嫌になる神の顔が見える気がした。

暗闇のなかにいるせいか、やけに冥府の主《あるじ》のことを考えてしまう。神像の両隣に並ぶのは、琥珀国のかつての王だろうか。祖霊信仰の強いこの国では、氏族を興した祖先を像にして、神像と一緒に祀《まつ》る習慣がある。神像の周りに巻物をしまう場所がないのを確

認してから夏月は祭壇の裏手に回りこんだ。

こういう作りの祭壇は、祭祀《さいし》を行ったあとに、祭詞を述べた巻物を祭壇のなかにしまうことが多い。

「ここにあった巻物が先日虫干しした分でしょうか。埃《ほこり》についた痕跡《こんせき》が新しいです」

「おそらくそうだな。六儀府はここが祭祀を行う場所で、風穴で繋《つな》がった小さな部屋にそれぞれ石棺が納められていると言っていた。次はそれぞれの石棺を調べよう」

「石棺ですか……」

夏月はわずかにためらった。天原国の巻物を探すのはいいが、石棺の蓋《ふた》を開けて、なかを確認するのは抵抗があった。

(幽鬼に慣れている身で、いまさら死体が怖いわけではないけど……)

木乃伊──干《ひ》涸《か》らびた死体が動くというのは、幽鬼が怖れられているのと同じくらい死者を土葬する琥珀国では、石棺のなかで遺体がよく木乃伊《ミイラ》化する。

ありふれた怪談で殭屍《キョンシー》などと言うこともある。幽鬼と違い、こちらは夏月が苦手とするところだった。そんな夏月のためらいを感じとったのだろう。

屍は魂を持たない屍体《したい》だけのあやかしだ。幽鬼が肉体を持たない死者の魂なら、殭

「ここにある石棺はすべて白骨になっているから木乃伊はない。安心して捜索していい」

洪緑水はきっぱりと言ってのけた。木乃伊ではなく白骨だから大丈夫というのは、だいぶ強引な話だと思ったが、それならいいかと、ほっとしたのも事実だ。

「わかりました」

観念してうなずいてみたものの、どうも話の進め方に違和感がある。彼の普段の調子からすると、ずいぶんと焦った様子だ。

「調査を、という話でしたが、もしかして、祭祀をする日にちが迫っているのですか？まさかとは思いますが……――清明節？」

訊ねているうちに心当たりに気づいてしまい、顔色を変える。いままで放置されていたぐらいだ。珍しい祭祀なのだとしても、王族の霊廟から祭祀の巻物を回収する理由なんて、そう多くはない。慰霊、鎮魂、子孫繁栄、厄災祓除《ばつじょ》といったところか。いまは時期的に清明節が近い。清明節には一族の霊廟で先祖供養をする慣習があるから、霊廟で祭祀をするというのはありそうな話だった。

「よくわかったな、夏女官……実はそうなのだ」

洪緑水は悪戯《いたずら》を見つけられた子どものように、ばつの悪い顔をして言う。

「と、十日ほどしか準備の期間がないではありませんか。いま文献調査なんてしていて間に合うのですか？」

「間に合わせるしかあるまい。だめなら、現在、発見されている巻物の部分だけを再現することになるだろう」

「あれはまんなかの巻ですよ。最低でも前と後ろに一巻ずつ……全三巻はあるはずです」

夏月が解読した範囲では、序文も結びの文もなかった。祝詞《のりと》にしても祭詞にしては不完全だ。どうりで洪長官はたびたび写本府を留守にしていたはずだ。巻物の虫干しだけではなく、祭祀の準備に追われていたのだろう。

「祭祀は王命なのだ。清明節にこの霊廟で行われていた祭祀を復活すると国王陛下が宣《のたま》ったからには、我々はそれを実現させるしかない」

苦い口ぶりは、夏月ごとき新人女官が心配する範囲のことはわかっていると言わんばかりだ。

「天原国を滅ぼした呪い……あの噂を国王陛下はそこまで気にかけておいでなんですね」

王の力は強大だが天災はまた別だ。災害や飢饉《ききん》、戦乱があると、民の心が王から離れ、国が傾くと言われている。表向き、黒曜禁城では天原国という名前が出てくることはない。けれども、いつもと違うことがあると、運京のどこかで誰かが呟《つぶや》くのだ。

――『琥珀国の国王にはやはり天意がないのではないか……』

『干ばつは天原国を滅ぼした呪いではないのか……』

そんな、ありもしない噂が人から人へと伝わっていく。

「悪い噂を放っておけば、国王の威信に関わる。民の不安をとりのぞくためにも、清明節という日程は動かせない」

洪長官の顔には、いつになく焦りが滲《にじ》んでいた。仕事を完遂させなければという強い意志に心が揺さぶられる。それに、泰山府君からも霊廟を探れと言われていたのだから、これは好都合ではないのか。

（地図もないなかで探し物をするときは、区画を区切り、ひとつひとつ潰《つぶ》していくしかない……）

しばしの間、思案して、手燭を祭壇の上に置いた夏月は、眉子に持たされていた巾包《きんづつ》みを広げた。なかには、ふたつ巾包みが入っている。外の大きな巾は巻物が見つかったときに使えるから、折りたたんで袖《そで》にしまう。

「二手に別れて捜索いたしましょう。わたしは祭壇に向かって右手の小部屋から確認いたしますから、洪長官は左手のほうからお願いいたします。はい、筆記用具です」

夏月は墨と硯《すずり》と筆、それに竹筒にいれた水が入った巾包みをひとつ手渡した。

「筆記用具は……夏女官が持っていればいいのではないか？」

「発掘したものは記録する必要があります。祭壇に近いほうから右一、左一と番号をふりましょう。どの部屋のどこから出てきた巻物か、今度は記録をしていきませんと」

やると決めたからには早くすましてしまおう。そんな意志を露《あら》わに、洪緑水の返事を待たずに夏月は歩きだした。祭壇の壁に沿って最初の小部屋に入り、手燭を高く掲げる。部屋といっても人工的に作られた部屋ではなく、自然の風穴だ。のみで広げた痕跡はあるが、基本的には自然にできた岩壁のままのようだった。

「この部屋は石棺が三つ……うっ」

石棺に蓋は閉まっておらず、明かりを近づけると中身がそのまま見えた。本当に、洪長官が言ったとおりの白骨死体だ。誰かが動かしたのか、あるいは地震でもあって石棺のなかで転がったのだろうか。頭蓋骨《ずがいこつ》がなぜか足下に転がっている。金糸の刺繍《ししゅう》のようなものが残っていたが、衣服はすでに原形をとどめていない。ぼろぼろの繊維くずがところどころに散らばるだけだ。

「これは……位置的に一番先に埋葬された太宗でしょうか」

石棺の周囲を見回して、側面に刻まれた名前を確認する。ふたりの王子と一緒に埋葬された太宗で間違いなかった。手燭を石棺の縁に置いて一礼する。

「失礼します」

足下側にある頭蓋骨を手にとってみた。土に埋められていないからなのだろうか。ずいぶん綺麗《きれい》に白骨化している。黄ばんだ骨は古めかしく、まるで磨いたように艶《つや》が出ていたが、干涸らびた死体と比べると怖くない。正確に言えば、怖さの種類が違う。夏月がより苦手なのは木乃伊のほうで、冥界《めいかい》で見た杭《くい》を打たれ血を流した幽鬼の姿だった。

一般の霊廟《れいびょう》と違うから比較できないが、王族の墓だというのに、やけにすっきりとしている。線香立てもなく、副葬品も見当たらない。

細長い線香の煙がたなびくなか、皿に果物やお菓子を山のように積み、冥銭も用意してあるにぎやかな藍家の廟堂とは正反対だ。神聖な場所だとわかっているが、死者は寂しくないのだろうかと思ってしまう。石棺に巻物をしまう棚や櫃《ひつ》がないのを確かめて、夏月は次の部屋に向かうことにした。

太宗の次は世宗の墓だった。造りは太宗のものとほぼ同じ。祭壇や家具もなく、自然にできた小部屋に石棺が置かれているだけだ。こちらの石棺も蓋はない。死体はやはり白骨化しており、頭蓋骨の位置が足下のほうへ動いていた。平らな場所を探して手燭《てしょく》を置き、同じように礼を尽くしてから頭蓋骨を拾いあげる。親子だからだろうか。白骨化した頭蓋骨でさえ、額の広さや眼窩《がんか》の位置が似かよっている気がした。

三つ目の部屋に入ると、先のふたつとはまったく違う造りだった。そもそも、自然の風穴を利用しているから、部屋の大きさはまちまちになってしまうのだろう。こちらは思っていたよりも大きな部屋で、そこからさらに岩穴が枝分かれしている。

「ここもまた……大広間のような……」

風穴から風穴へと入っていくうちに、方向感覚が狂ってしまいそうだ。思わずふりむいて、祭壇のそばで燈籠《とうろう》が明かりを放っているのを確認してしまった。

風穴というのは、似たような景色ばかりで道に迷いやすいと書物で読んだことがある。ひとつの部屋からまた別の部屋へと繋がる図を見たことがあるが、まるで蟻の巣のようだった。手燭の仄《ほの》かな明かりしかないのは、なんとも心許《こころもと》ない。吹き抜ける風に揺れ、早く歩けばまた揺れ、いまにも消えてしまいそうだ。

地下の世界がこんなにも絶えず風がわたるのだとは知らなかった。書物を読んだだけではわからない現実をまのあたりにして、こんなときなのに心が震えている。

（まるで鬼嘯《きしょう》のようだ……）

鹿の鳴くような、人の嘆く声のような音は、幽鬼の客がやってくる前兆だ。

どこかに岩穴の狭い場所があり、笛のような音を出しているのだとはわかっている。それでも、甲高い音を聞くと幽鬼が訪れるのではないかと心待ちにする自分がいた。

「祭壇のときと同じ。向かって右の部屋から回りましょう」

あえて声を出して部屋に入ろうとすると、簪《かんざし》がちりん、と音を立てた。まるで呼ばれたような気がしてふりむくと、ふっくらとした白い手が手招きしているのに気づいた。人好きのしそうな女の手だ。

「小姐《シャオジエ》？　先日後宮で迷ったときに助けてくださった女官ですか？」

どきり、と心臓が大きく一打ちする。幽鬼なのだろうとは思っていた。うかつに近づくのは危険かもしれないという警戒心もある。それでも、媚州王の名前を呟いた幽鬼に聞きたいことがあった。招かれた手のほうへ近づくと、暗闇のなかに、女官が着る飾り気のない交領襦裙《じゅくん》がうっすらと浮かびあがってくる。

「あなたは……琵琶《びわ》の図柄の襦裙を着た幽鬼の知り合いなんですか？　それとも、関わりがあるのは、まだ生きている妃のほう？」

――媚州王について警告してくれたのはなぜ？

「……私は燭明宮《しょくめいきゅう》の女官です……側妃殿下の使いで媚州王殿下に何度も手紙をお届けしました……」

囁《ささや》くような声だが、夏月の耳にははっきり聞こえた。

「ふたりの逢《あ》い引《び》きの手引きを……？」

夏月が問いかけると、女官の幽鬼はふいっと顔を背けて闇のなかに消えた。追いかけるようにして入った場所が狭い通路だと気づいたのは、岩に服がこすれたからだった。両側に壁が迫っていて、気をつけていても、あちこちぶつけてしまうくらい狭隘《きょうあい》な通路だ。石棺どころか、物をしまう隙間もない、ただの岩の凹《へこ》みに見える。

「こちらには石棺はないようですね……あれ、でもなにか頭にぶつか……あっ」

ぶつかった岩を避《よ》けるように頭を下げた瞬間、がくんと体が沈んだ。夏月の体は、裂け目に巻きこまれるようにして下方へ、さらなる闇の胎内へと落ちていった。


〈二〉


どっぽーん、と大きな水音が洞窟《どうくつ》のなかに響きわたる。

水面に叩《たた》きつけられた瞬間の衝撃で、手燭を落としてしまったのだろう。目を開けていても、わずかな光も見えない真っ暗闇に夏月の体は落ちていた。漆黒の滑らかな帳《とばり》に包まれて、上も下も右も左もわからない。水底から誰かに足を摑《つか》まれているかのように、体がどんどん沈んでいく。それでも、飛びこんだいきおいで深く沈みこんだあとは少しずつ浮きあがり、吐く息すらなくなりそうになった瞬間、水面に顔が出た。

ようやく息が吸えたとよろこぶのもつかの間、今度は息苦しさのほかに、鼻から口から水を吐きだす苦しさも相まって、体がどうにかなってしまいそうだった。それに、夏月は泳げない。どうにか水面でもがいているうちに、手で掴める岩を探りあてたのは、ただの幸運としか言いようがなかった。

夢中で体を引きあげ、どうにか岩棚の上に転がりこむ。胸が激しく上下して、ぜぇぜぇと荒い息をくりかえしていた。乱れた息がなかなか元に戻らないのは、衝撃のあまり混乱しているせいだ。袖を絞り、襦裙の裾《すそ》を絞っているうちに、どうにか鼓動が早鐘を打つのが収まってきた。ぽたぽたと、髪や頬、それに体中に張りついた布から雫《しずく》を垂らし、自分がどのような状態なのかをひとつひとつ確認する。

「……っはぁ、はぁ……荷物は、ある。手燭は……あきらめるしかないか……」

手燭は金属でできているから、庶民には高価な物だ。

（弁償しろなどと言われたら、どうしよう……）

巻物の捜索費用のなかから新しいのを買ってもらえるように、洪長官にお願いするしかない。あるいは、頭を下げて父親にお願いするか。

「ここから無事に地上に戻れたら、という話ですけど……」

途方に暮れた心地で、自分の上にのしかかってくる、ねっとりとした漆黒を見据える。光のない闇というのが、ここまで色濃く重たいものだとは思わなかった。

（先日、落ちたばかりの冥府と、どちらの闇が濃いのでしょう……）

どこまでも果てしなくつづく常闇と、狭く押し迫ってくるような匣《はこ》のなかの漆黒と。夏月には、簡単に比べられなかった。冥府の常闇のどこかには豪奢《ごうしゃ》な御殿があり、そこ王がいることを知ってしまってからは、なおさら。

鵲《かささぎ》の羽の白だ。漆黒のなかに一点の白があるからこそ、その白はより眩《まぶ》しく、漆黒はより昏《くら》い。

身につけていた荷物を手探りで下ろして、手燭の代わりになるものがないか確認する。夏月としては、こんな風穴のなかを冒険する予定はなかったが、荷作りをした眉子は知っていたのだろう。開いた巾包《きんづつ》みのなかには、筆と墨と硯《すずり》の筆記用具のほかに、油紙に包んだ火打ち石と蠟燭《ろうそく》が入っていた。

髪から落ちる雫が鬱陶《うっとう》しくて、髪もまとめて絞る。袖《そで》もよく絞って場所を移す。手探りで乾いていそうな場所を探して、蠟燭を立てて火打ち石をかちかちと打ちつけた。何度かやるうちに、蠟燭の芯《しん》が乾いてきたのだろう。仄かな明かりがともると、ほっと安堵《あんど》の息が漏れた。

これは正真正銘の、夏月にとっての命の炎だ。この炎が尽きるまでに、どうにか出口を見つけないといけない。やはり手探りで探りあてた硯を裏返し、

「蒼頡《そうけつ》大師、申し訳ありません。大事な硯を燭台《しょくだい》の代わりに使います」

文字を発明した神に一礼してから、底に蠟《ろう》をぽたりぽたりと垂らした。固まりきらないうちに蠟の上に蠟燭を載せると、蠟が冷えて固まり、蠟燭を固定できる。夏月は硯の燭台を背の高さに掲げ、自分のいるところがどんな場所なのかと見回した。

「落ちてきたのは水の上だから、そこから戻るのは難しそうですね。でも、風穴同士はどこかで繫《つな》がっている可能性が高いはず」

その可能性に賭《か》けるしかなかった。わずかな明かりだけを頼りに歩きだすと、ふと、人工的な文様の陰影が目の端に映った。暗闇のなかにいるから、ちょっとした物陰を人工物だと思いたいのかもしれない。期待しすぎないようにと、高鳴る心臓を抑えながら蠟燭の明かりを近づける。

「これは……祭壇？」

驚きと期待で夏月の声がうわずる。仄明かりに浮かびあがってきたのは、時を経て角がすり減り、文様がかすれていたものの、なにかの祭壇だった。石棺より背が高く、目の前に立つと、ちょうど経文を置きやすい高さだ。その周りをよくよく観察すると、壁に古い繊維くずが残っていた。こちらも古色蒼然《こしょくそうぜん》としていたが、暗闇のなかだからだろうか。わずかに色が残る。

「これは……旗？　書かれている文字は……さすがに読めないか」

ぼろぼろの旗は、まるで誰かがあえてそうしたかのように、まんなかの姓の部分が崩れ落ちていた。さらによく確認すると、祭壇の前、高い場所に石棺がある。

これは大発見だ。石棺より高いところに穿《うが》たれた空間は、まんなかがぽっかりと空いている。もしかすると、上の階にあった泰山府君の神像は、もともとここに祀《まつ》られていたものなのだろうか。左右に残された祖霊像は顔が潰《つぶ》されていた。上で見た琥珀国のもの以上にこちらの石棺も古めかしく、側面の文様はすり減っている。手燭《てしょく》を近づけて手でなぞってみると、かすれた文字には覚えがあった。

「天原国……景祖《けいそ》……」

景祖というのは、天原国の最初の王、その諡《おくりな》――死んでからの呼び名だ。

「つまり……ここは天原国の祭壇？」

どきり、と心臓が震えた。なにか大発見をしたのではないかという期待と、国の重大な秘密を知ってしまったのではないかという怖れとが入りまじった鼓動の音だった。

（なぜ、琥珀国が滅ぼしたはずの天原国の祭壇が、琥珀国の城の奥も奥……後宮の最奥にあるのでしょう？）

その秘密が知りたいのに、知るのが怖い。石棺のなかの骨はだいぶ脆《もろ》くなっていたようで、脚の大きな骨はともかく、いくつかは自然と風化して壊れている。頭蓋骨《ずがいこつ》はまだしっかりと形をとどめていたから、硯の燭台を置き、礼を尽くしてから手にとってみる。

「こうやっていくつもの頭蓋骨をまとめて見ると……意外と違うものですね」

一族の特徴が違うからだろうか。先ほど見た琥珀国の王よりも頭が大きく、鼻の形も違う。

「これが天原国の王の顔……」

天原国の初代の王は伝説のような存在で、実在していたという実感が夏月にはない。なのに、頭蓋骨と向き合っていると、かつて本当に天原国があったのだという驚愕《きょうがく》の入りまじった感動がじわじわと指先から這《は》いあがってきて、心を震わせるのだった。

「書聖・譚暁刻《たんぎょうこく》がかつて宰相の辣腕《らつわん》をふるった天原国とは、どのような国だったのでしょうか？」

夏月は頭蓋骨と向き合って、語りかけていた。

「名高い詩人たちが、これこそまさに理想郷のようだと詠《うた》いあげた国は、なぜ滅んでしまったのでしょう？」

高度な文明で堅固な城市を築き、花が咲き乱れる美しい園林があり、学者たちは研究に勤《いそ》しんだと言う。ひそやかな問いかけは闇のなかに消えて、答えはない。あるいは、沈黙こそが頭蓋骨の答えなのかもしれない。

——栄枯盛衰。どんなに満ち足りて美しい王朝であっても、いつかは滅ぶ。物言わぬ亡骸《なきがら》は、そこにあるだけで歴史の必然を体現しているのだった。しかし、ここが古い祭壇なのだとわかっただけで、上等だ。

「祭壇なら祀る人がいて、入ってくる場所があるはず……」

多くの場合、祭壇は入口の正面に作られる。そちらへ向かおうとして、夏月はふと祭壇の裏に回りこんだ。さっきの祭壇の中身は空だった。しかし、いま目の前にある祭壇を手探りで確認したところ、木匣の蓋《ふた》が手に当たる。結んである紐《ひも》は、夏月が解こうとするより先に崩れてしまった。引きだして匣の蓋を開けてみると、いくつもの巻物が並んで入っている。

「これはもしかして……」

小花が散った巻物の装丁にわずかに見覚えがある。髪の雫がかからないように注意しながら冷たい手で開くと、予想どおり、なかは天原国の秘書だった。

「やっぱり……ああ……すぐに巻物の中身を見たい……」

(このまま読み解きたい。なにが書いてあるのか知りたい。ちらりと見えたけど、さすがは景祖の祭壇に納められているだけあって文字の書体が古めかしい……もしかすると、先日読み解いた古文経より古い書体かも……)

次々とわきあがってくる欲求をどうにかこらえて夏月は巻物を戻し、匣の蓋を閉めた。隙間なく作られた匣は頑丈で、長年よく巻物を守ってきたようだ。このまま巾に包んで持ち運んだほうがいいだろう。さっきのように水に落ちても大丈夫なように、巾包みの匣をきっちりと体に結わえつけると、今度こそ出口を探そうと、手探りで壁を伝う。

足を踏みだした先に、こつ、と硬いものが当たった。なにか石でも落ちているのだろうかと、蠟燭を近づければ白い。この風穴のなかの岩は黒ばかりだ。赤黒い岩もあるが、白はない。

(滑らかでまろみを帯びていて……)

蠟燭の火でよく見ようと、片手で持ちあげてみれば、それは頭蓋骨だった。

「ひぃっ……」

わかっていて持ちあげたのではなかったせいだろう。眼窩《がんか》のくぼんだ頭蓋骨を間近に見て、押し殺した悲鳴が漏れる。蠟燭を載せた硯をとりおとしそうになり、あわてて持ちなおした。足下を照らして、また悲鳴をあげそうになる。壁の凹《へこ》みに吹きだまるようにして、白骨化した頭蓋骨が累々とそこにあった。

「ひっ……なに……こ、これ……」

霊廟《れいびょう》にいれられた遺体という感じではない。たとえ地震があって石棺のなかにあった骨が片隅に集まったのだとしても、数が多すぎやしないだろうか。

「ひとつ、ふたつ、みっつ、よっつ、いつつ……」

重なっている骨をよりわけ、横一列に並べながら数えていくと、大きな頭蓋骨が十六、小さな頭蓋骨が五つあった。一ヵ所に固まっていたと言っても、自然に集まったにしては不自然だ。暗くてよく見えていないから、水のなかにも落ちている可能性は高い。つまり、少なく見積もっても二十一人の頭蓋骨と言うべきだろう。

「琥珀国の霊廟には十一体の白骨があり、わたしが確認したのは四体だけ。万が一、ほかの骨がここに集まっていたとしても、数が多すぎる」

――奇妙だ。一列に並べて、蠟燭の炎に照らしながら頭蓋骨を眺めていると、なにか引っかかるものがあった。違和感である。ほんのわずかな染み、綻《ほころ》び。見えていて見えていないもの。

夏月のなかで、その違和感が、なにかがおかしいとしきりに訴えている。

（泰山府君に言われたからではないけど、よく考えてみなくては……）

あるいは、この部屋のなかに違和感を解読するなにかが隠れていないかと、蠟燭《ろうそく》を掲げてうろついているうちに、沓《くつ》の先が水に触れた。さっき落ちた水だろうか。どうやらこの部屋は祭壇のあたりだけがやや高く、ほかは低くなっているようだった。

「つまり、入口は水のなかにある？」

どうせ全身が濡《ぬ》れているんだし、足がつくうちは先に進めようと水のなかを進んでいくと、急に足下から水が這いあがってきた。

「水面が高くなって……あっ」

声をあげたときにはもう遅かった。水流に足を巻きとられるようにして、水のなかに体が沈んだ。そういえば、祭壇も水で濡れていたことに、いまさらながら気づく。

天井までそんなに高くない風穴なのだろう。水嵩《みずかさ》が増してくると、部屋は一気に逆巻く水で溢《あふ》れかえる。部屋のなかが水で埋まれば、さっき落ちた穴から元の場所に戻れるのでは、などと考えたのは一瞬だけだ。渦巻く水流に呑《の》まれて、体はぐるぐると水のなかに沈んでいくばかり。苦しいと思う余裕もないくらい苦しい。

（水のなかで溺《おぼ》れるというのはこんなにも苦しいことなのか……）

子どものころはよく水の事故で死にそうになった。井戸に落ちそうになったこともあるし、川で死にかけたこともある。琥珀国では珍しくないことにしても、十六才の短い人生のなかで、何度、水難の相が出ていたのだろう。蠟燭の火は当然のように消えていたが、持っていた硯《すずり》だけは握りしめていた。

自分の命の炎が消えた。消えてしまった。

(わたしの天命もここまでか……)

そうあきらめかけた瞬間、ちりんと簪《かんざし》がかすかな音を立てた。水流のなかでそんな音が聞こえるわけがないのに、やけに明瞭《めいりょう》に頭のなかに響く。

(まるで泰山府君の声のよう……)

以前のことを思いだしたとたん、苦しさのなかで冥府《めいふ》の王の顔が頭をよぎった。

――『おまえの顔には死相が出ている』

そう警告されていたはずなのに、思っていたより真剣に受けとめていなかった。あるいは、死すべき運命《さだめ》が来たのならそれも仕方ないと、心のどこかであきらめていたのかもしれない。

ああ、でも、と夏月の心の片隅で抵抗する声がかすかにある。握りしめた硯の重みと、背負った巻物と。そして、水流で乱れた髪を意識したとき、ようやく簪をもらったときに言われた言葉を思いだした。

――『代書屋の働きぶりに免じて、ひとつ埋め合わせをしてやろう。おまえが危機に遭い、どうしても進退きわまったときには、泰山府君の名を呼ぶがいい』

冥府の闇は、泰山府君の御殿のなかだけが極光の輝きが揺らめいて美しかった。

神々は現世に生きる人間たちの苦渋を高御座《たかみくら》から眺めるだけの存在だ。夏月のことを蟻と同じだと言った気まぐれな冥府の支配者は、幽鬼を地獄に追いやり、苦役につかせる残酷な神なのかもしれない。それでも、夏月にはいま、ほかに手段がなかった。体のなかに息が残っているかどうかも怪しい。空いたほうの手でどうにか簪に触れ、

「泰山府君、どうかお助けください」

と呟《つぶや》いた。実際には、「ごぼっ、ごぼぼぼ」と口から泡が出てきただけで、まともな言葉になっていなかったが、心のなかでは呟いたつもりだ。また水の流れが速くなり、水底に引きずりこまれていく。

――苦しさのあまり、ふつり、と意識が途切れた。

† † †

少女の乱れた髪が縦横無尽に広がる様は、水流の見えざる手で命が奪われていくかのようだ。

意識の途切れた体を気まぐれにもてあそび、さらに深い闇の底へと運んでいく。しかし、夏月の最後の祈りが神に届いたとき、冥府に並んだ、数多《あまた》ある天命の蠟燭のなかで、いまにも消えそうに揺らいでいたひとつが、また炎のいきおいをとりもどしていた。

夏月の髪に挿した簪の先で、銀細工の狼が光を放ちながら揺れる。光を放ったまま、銀の狼はふぅっと大きくなり、まるで生きているかのように四肢を伸ばした。水のなかを感じさせない動きで、しなやかに跳躍する。人の体より大きくなった銀色の狼は、水

流のなかで跳躍した姿のまま、足下から白い霊符に包まれていった。

丸く霊符に包まれた姿は、蚕が繭になった姿を思わせる。

霊符でできた張り子の繭だ。そのまんなかでひらひらと揺れていた一枚が剥《は》がれ、二枚剥がれ、そこから忽然《こつぜん》と骨張った手が現れた。いくつもの指輪をはめた長い指が、硯を握りしめた手を摑《つか》む。死すべき運命をここから捻《ね》じ曲げようとする、強引な介入だ。

ただの人間にできることではない。白い霊符は意思を持ったように蠢《うごめ》き、見えない壁となって水流に抗《あらが》っている。手は、その霊符の繭のなかに夏月の体を強引に引きずりこんだ。

「水流反転」

ただ一言、声が響いた。泰山府君の術である。人間が使う法術は祭壇を作り、術具を駆使した上で長々しい祭詞や呪句を必要とするが、神の指先はわずかに動かすだけで岩が砕け、短い呪言は雷を呼ぶ力を帯びている。神が力を必要とするのはむしろ、足下にいる蟻を踏まないように動き、発した言葉で嵐を呼ばないように細心の注意を払うほうなのだった。

繭の玉となった霊符は光を放ちながら、ゆっくりと上方へ移動していく。

水底へ渦巻いていた水はさかしまになり、今度は元来た場所へと竜巻となって巻きあげられていった。

霊符の繭は、祭壇の近くへと浮遊していくと、そこで無数の蝶《ちょう》の形に変化して解きはなたれ、なかから現れた青年の白い袖《そで》のなかへと収まっていく。もし、その様子を見ている者がいれば、長衣の袖が長いとはいえ、そんなにいくつもの札が収まるのだろうかと不思議に思ったことだろう。

残された数枚の霊符は、夏月の体を床に下ろしてから、顔を照らすように光り輝いた。少女の顔は、蠟《ろう》でできているかのように青白く、冷たい。

「おい、代書屋」

泰山府君が呼びかけても、ぴくりとも動かなかった。その顔を不機嫌そうに眺めた冥府の王は膝《ひざ》をつき、夏月の額に霊符を一枚、貼りつけた。

青白い唇に顔を寄せ、すっと唇を合わせる。神の恩寵《おんちよう》というのは、衣服の裾《すそ》に触れただけでも絶大な効果がある。ましてや、冥府の王、泰山府君は黄泉《よみ》がえりの術で知られる神だ。夏月の魂を冥府へと連れ去ろうとした『死の相』を祓《はら》い、強引に現世へと繋《つな》ぎ止める術は、お手のものだった。

白く透きとおっていた頬に赤みが差した。ごほっ、ごほっ、と苦しげな咳《せき》をして、水をどんどんと吐きだしていく。のどが逆流する苦しさなのだろう。ただでさえ濡れていた頬に涙を流している。ぜぇぜぇと荒い息をくりかえしているのは、呼吸が戻ってきたせいだ。霊符の明かりに照らされた夏月は、白い長衣を纏《まと》う貴人を見上げて、

「泰山府君……」

とかすれた声を漏らした。

「おい、代書屋。神がわざわざ『おまえの顔には死相が出ている』と教えてやったのに、あっさりと死にかかるとはどういう了見だ」

「それは……申し訳ありません……」

尊大な態度でそしられて、弱っていた夏月はすぐに謝った。門檻《もんかん》を跨《また》ぎそこねて、うかつに冥府に落ちたのと違い、水流のなかでもがき、溺れ死ぬというのは精神を削られる『死』だったのだ。冥府の神を前にして、言い訳や反論をするほどの気力が湧いてこない。床に寝転んだまま、ぐったりとしていると、泰山府君がすっと立ちあがった。

「まぁ、よい。ちょうどいいところに呼びだしてくれた。これに関しては礼を言う」

「ちょうどいいところ……ですか？」

どういう意味だろうと好奇心が鎌首をもたげる。今度は体の怠《だる》さより知りたい気持ちが勝った。体を起こした夏月は、ずぶ濡れの襦裙《じゅくん》の袖や裾を絞る。霊符という明かりがあるなか、泰山府君の前で襦裙をめくっていいものかという羞恥心《しゅうちしん》は、この際、忘れることにした。

後宮の奥、迷路じみた霊廟《れいびょう》の奥の、どこが『ちょうどいいところ』なのだろう。

「歪《いびつ》さ、綻《ほころ》び、狭間《はざま》の隙間にはまりこんで、誰の目にも触れないもの……奇遇だが、私も探し物をしてな」

どこか満足げな顔をした神は、水流が暴れたせいで、ばらばらになっていた頭蓋骨《ずがいこつ》をひとつ、床から拾いあげた。ひとつ、またひとつと、さっき夏月が並べていたように頭蓋骨を並べていく。

大きい頭蓋骨と小さい頭蓋骨と——。冥府の王には、この者たちの生前の姿が見えているのだろうか。あるいは先日のように、蟻の生前の姿などひとりひとりを気に留めていられないと言うのだろうか。

「このところ、冥府では死者の帳尻《ちょうじり》が合わないのだ」

おそらく、後者だと夏月は思った。

「死者の帳尻が合わないとはどういうことでしょう？」

「生者は生者の、死者は死者の戸籍で管理されている。だからこそ、死後、冥府の法廷へと呼びだされた幽鬼は生前の罪を裁かれる。だが、生者の戸籍から外れたはずなのに、所在不明の死者が増えているのだ」

「それは……」

去年の夏のことを思いだした。酷暑のせいだったのか、運京はずいぶんと人死にが多くて、後宮でもずいぶんと人が死んだ。夏月が初めて冥府の法廷に行ったときの幽鬼の混雑具合を考えれば、何人か、とりこぼしがあっても不思議はないように思えてしまう。

「一度に人がたくさん死んだあとは冥府に向かう道に迷う者が多く、行方不明者がよく出るということでしょうか」

祭りや市で人混みにまみれて迷子が出るように、冥府への道も幽鬼が多いとはぐれてしまうというのは、いかにもありそうなことだった。しかし、夏月の思いつきはあっさりと一蹴《いっしゅう》された。

「それはまた違う話だ。たとえば、死んだことがわからずに現世に残る幽鬼というのがいる。ああいうのは冥府《めいふ》に下りていないと思うかもしれないが、城隍神《じょうこうしん》なり土地公なりがちゃんと把握しているのだ。

死というものを理解していない赤子の幽鬼もそうだ。城隍神の神像を御輿《みこし》に担いで城市を巡る祭祀《さいし》があるだろう。ああいうのに惹《ひ》かれて、まずは土地神のもとへ送られ、それから冥府にやってくる。死者の魂というのは、最後には必ず泰山《たいざん》に還《かえ》る……それが世界の理《ことわり》なのだ」

人の魂は、死後、泰山に向かうのだと言う。泰山が死者の集まる山と言われ、泰山府君が冥府の王と言われる所以《ゆえん》である。霊廟の真っ暗な胎内で、冥府の王自身から聞いていると、やけに真《まこと》しやかな話だ。夏月までもが幽鬼になった心地がしてくる。

「しかし、稀《まれ》に死者の勘定が合わないことがある。小石と同じだ。ほんのわずかな衝撃で転がった小石はほかのなにかに紛れ、あるいは誰の目にも触れない隙間に入りこみ、簡単には見つからなくなってしまう——そういう行方不明の幽鬼というのが、定期的にいる。それで先だってから、地上と冥府を行き来して調査をしていたのだが……問題が起きるとしたら、後宮というのはうってつけの場所でな」

確かに後宮というところは、言葉では言い尽くせない独特の空気がある。貴人から官婢《かんぴ》まで、二千数百人の人間が狭い匣《はこ》のなかで暮らすせいだろう。目には見えない人の情念や大きな声を出してはいけないという張りつめた空気。人の目に常に監視されて、どこかしら息を詰めてしまうような、謎めいた空間だ。それでも、冥府の王から『問題が起きやすい場所』などと示唆されるのは、夏月としては心外だった。

貴人の佇まいをしているくせに、地上の王の住まいには手厳しい。

「でも、泰山府君。後宮というのは琥珀国でもっとも安全な場所だと言われました」

拗《す》ねた子どもがむずかるように、夏月はささやかな反論をした。少なくとも、夏月はそう聞いている。一度、後宮に入ってしまえば、簡単に出られない代わりに、後宮は琥珀国のどこよりも守られているのだと——。

外威から城市を守るために城壁という匣で囲い、その内側をまた、黒曜禁城を守るための城壁で囲い、さらにその内側の、衛兵に守られた匣のなかの匣が後宮だ。ぐるりと築地塀《ついじべい》が巡らされた通路には見張りが目を光らせ、幽鬼でさえ入りこむ隙間なんてないように見える。

「地上の人間にとって隙間なく造られた場所こそ、幽鬼が迷いこんで出られない場所なのだよ。後宮というのは呪術的な結界に守られており、いかな泰山府君といえども簡単に侵入できない場所でな」

「結界……でございますか。泰山府君のお力でも簡単に壊せないほど強固な結界なのですか？」

上の階に泰山府君像が祀《まつ》られていたことからすると意外な気がして、夏月は首をかしげた。

（もしかして神様というのは、自分の仕事を術でさっと終わらせられないだけでなく、結界を壊すこともできないほど無力なのだろうか？）

そんな夏月の考えが顔に出ていたのだろう。泰山府君は決まり悪そうな顔をして、じろりと夏月を睨《にら》んでいる。

「別に壊せないことはない。神様のくせに、そういう表情はやけに人間くさい。しかし、結界を壊してどうなる？　城の巫術士《ふじゅつ》、道士、陰陽師《おんみょうじ》を相手どって戦うのか？　幾人かの行方不明の幽鬼を捜すためだけに、そんな面倒事を起こしたくない。私は琥珀国に戦争を仕かけるわけではないのだからな」

「つまり、結界は壊せるが、ひっそりと忍びこむのは難しい……と。それで、わたしに城勤めを勧めたのでございますか？」

この神がどこまで予想して助言してくれたのだろう、などと考えるのは馬鹿げている。なにせ、泰山府君は夏月の禄命簿《ろくめいぼ》を見て、運命の行く末を知ることができるのだから。

夏月の遠回しな非難に対して、釈明するつもりはないようだ。

「内側から呼んでもらって助かった。いい働きをしたぞ、代書屋。褒めてつかわそう」

夏月など人間にとっての蟻と同じだと言い、蟻ごときの命を気まぐれに救っておいて、この物言いはどうなのだろう。さすがは神だ。傲慢《ごうまん》にもほどがある。

「矮小《わいしょう》な蟻の身で泰山府君のお役に立てて光栄に存じます」

呆《あき》れた心地になりながらも、手に手を重ねて頭を下げておいた。命を救ってもらったことは確かだからだ。それに、霊廟というのは、やけに神妙な気持ちにさせる場所でもある。綺麗《きれい》に並べられた大小の頭蓋骨が夏月に囁《ささや》いてくるようだ。

物言わぬ頭蓋骨なのに、その存在は雄弁だ。自分たちは助けてもらえず、冥府にも行けず、こんな場所にうち捨てられているのだと切々と夏月に訴えてくる。

——生きているのだから、命の恩人には感謝なさい……。

——頭を下げるだけで生きていられるなら、いくらでも頭を下げなさい……。

そんな言葉にならない声を聞いていると、体はぶるぶると震えて、寒さで気が遠くなりそうな状態でさえ、生きている証左に思えてくる。

「この……頭蓋骨は……」

小さいほうの頭蓋骨を拾いあげ、夏月は言葉を詰まらせた。新しい頭蓋骨のなかでも、ひときわ小さいそれは大人のものではない。手のひらに載る軽さに、ぎゅっと胸が苦しくなる。泰山府君は夏月の感傷などものともしないらしい。そっけない口ぶりで言う。

「おそらくは帳尻が合わないうちのひとつだろうな。おまえはもうわかっていよう。後宮という結界に封印されたこの場所は、天原国の祖霊廟なのだ」

王を弑逆《しぎゃく》し、国を滅亡させてもなお、この土地深くに根づいた因習を簡単になかったことにはできない。風穴を破壊することも、またできない。

——すでに滅亡した国。もう忘れ去られていくもの。

けれども、滅ぼした側の琥珀国の王だけは、自分たちの犯した罪を忘れられなかった。後宮という匣のなかの匣の奥に、自分たちの秘密をひっそりと隠したまま、誰にも見つけられないように、けれども失われないように、琥珀国の霊廟《れいびょう》で覆い隠してまで祭壇を残した。

泰山府君は長い脚で祭壇の奥へと移動し、天原国の王の頭蓋骨《ずがいこつ》を手にして言う。

「ここは琥珀国のなかにあって琥珀国ではない……いわゆる隙間の場所なのだ。滅亡した王国のなかの唯一残った霊域――その天原国の祖霊廟を覆い隠すように、琥珀国の祖霊廟を造り、そのまた外側を後宮の結界で封じている。普通の幽鬼では、呪術的な結界を越えて泰山に還ることができないのだろう」

泰山府君が指先で印を結び、いくつもの霊符を操ると、頭蓋骨から白い靄《もや》のようなものが浮かびあがってくる。このまま行列のように連なって泰山へ還るのだろうか。

夏月は神の行いをじっと見ていた。

「運京も黒曜禁城も、長年、天原国の祖霊の守護を受けて繁栄してきた。霊廟を破壊することで、城の守りが弱くなるのではないかと琥珀国の王は怖れたのだろう」

だから、天原国の王の石棺は破壊されていない。この祖霊はいまだに城を守っていると、城付きの道士が進言でもしたのかもしれない。土地と祖霊とは結びついており、国を滅ぼしたからといってその守護を失えば、運京も黒曜禁城もゆるやかに衰退していく。

――この国の人々はそう信じている。

それで、昨年のような災いを避けるために、天原国の祭祀をするという話になったのだろう。

泰山府君の近くで浮遊する霊符は、夏月が持っていた大小合わせて二十一ある頭蓋骨とは、上の階にあった太宗や世宗のものと比べても黄ばみがなく、ごく最近の白骨だとわかる。
蓋骨の特徴がよく見てとれた。床に転がっていた大小合わせて二十一ある頭蓋骨とは、
異なる特徴を見せている。この部屋に累々と重なっていた頭蓋骨はまだ新しい。上の階

それに、すべてが女子どもの骨だ。一番小さいのは、おそらく赤子の頭蓋骨だろう。あるいは、子どもをお腹に宿したまま殺されたのかもしれないと考えると、また夏月の胸は苦しくなった。

「親より先に死んだ子どもが行く地獄があるとおっしゃいましたね。自分の咎《とが》で死んだのではなくても、子どもは罪を負うのでしょうか」

殺されてもなお罪を負うのかと思うと、幼子が哀れでならなかった。

「それがその子が持って生まれた宿業なのだろう。どこかの輪廻《りんね》転生の果てで、その罪はやがて祝福に転じるはずだ。だが……どうしてもその赤子の頭蓋骨が気になると言うなら、代書屋。おまえがその者たちを弔って、現世の無念を晴らしてやるといい」

「生まれる前に死んだ赤子の無念を晴らしてやれるものでしょうか？」

「そうやって、おまえは死者に肩入れしすぎるから死相が出るのだ。子は親の罪を背負うこともある。考えてみるがいい……簡単に立ち入れないとはいえ、ここは後宮のなかだ。赤子がたくさん殺されている意味を、おまえは気づいていて見ないふりをしているだけではないのか？　よく考えて申してみよ」

（後宮で赤子が殺される意味。それは……）

男女の機微になど詳しくない夏月でも、容易に想像がつく。

「意図せぬ妊娠……国王陛下以外の相手との密通でできた子を堕胎した……あるいは妊娠したから殺されたと言うことでしょうか」

「その可能性は高かろうな。そもそも、人間たちの作った後宮というのは、王族の私的な空間であって、けして開かずの匣《はこ》ではない。後宮付きの女官であろうと妃嬪《ひひん》であろうと、外に出されることもある。褒賞として部下に与えられたり、実家に戻されたり。長らく国王の興味を引かず、とうが立った妃《きさき》ならなおさら」

後宮は外廷の権力闘争と深く関わりあっている。外戚《がいせき》として力をふるいたい有力氏族は自分の一族の者を後宮にいれたがる一方で、後宮にもかぎりがあり、入る者がいれば、出る者がいる。そうやって匣のなかの均衡はひそやかに保たれているのだ。

「だが、外に出されるなら、あえて後宮の内側で赤子の死体を放置する必要はない。おまえの言うとおり、後宮というのは隙間なく管理されている。どこかに死体を放置していたら、誰かにすぐ見つかるはずだ」

「おっしゃるとおりです」

人の目から隠して遺体を捨てるのは容易ではない。池に沈めれば、池をさらったときに見つかるかもしれない。床下なら、年末の煤払《すすはら》いで見つかるだろう。井戸の場合は、遺体を投げ入れても簡単に見つからないかもしれない。その場合、井戸の水のなかで遺体が腐り、井戸の水は傷む。遺体をいれられた井戸の水を飲めば、体を壊す者が出たはずだ。

（昨年の夏のように……）

弘頌殿《こうしょうでん》に射しこむ眩《まぶ》しい光と濃い影とが目蓋《まぶた》の奥によみがえる。

おそらくそういうことなのだろう。後宮のように管理されたところでは、酷暑だからというだけでは市井ほど死者は増えない。そこには別の原因があるのだ。

「ここにあるだけでなく、もっとたくさんの遺体がどこかに隠されているのかも……」

「その可能性は高かろうな……冥府《めいふ》の裁判でも、ひとりを殺すのも二十人を殺すのも変わらないという者をたくさん見てきた。これは典型的な大量殺人鬼……生きた人間の所業だ」

ぞくり、と背筋が冷たくなる。幽鬼をたくさん見てきたはずの泰山府君の口から殺人鬼などと言われると、言霊の力だけでこの場に殺人鬼を呼びだしてしまいそうな恐ろしさがある。いま溺《おぼ》れ死にしかけた身の上で聞くから、なおさらだ。死はこの霊廟にぴったりと張りついて離れないかのようだった。

「私は私の用向きで調査をするが、泰山府君は地上の刑罰には関わらない。仇《かたき》をとってやりたいというなら、おまえがやるのだ……ただし、外に出てからだ」

表情を曇らせた泰山府君の周囲で、身構えるように白い霊符が蠢《うごめ》く。

「運京の北側――黒曜禁城の周りは水源が豊富にある。風穴に流れこんだ水が一定以上たまると別の部屋へと流れこみ、また次の部屋も一定以上水がたまると、別の部屋へと流れこむ仕組みになっている。すると、何回かに一回、大量の水が流れこみ、風穴の下層全部が水没するのだ。さっきは私の術で無理やり水を押しもどしたが、時間が経てば、また大量の水が流れこんでくるぞ」

そういえば、といまさら気づく。定期的に水で洗い流されているからなのだろう。天原国の祭壇のほうは、古めかしい霊廟のわりには埃《ほこり》がたまっていなかった。苔《こけ》すら生えていない。水の流れのせいで一ヵ所に頭蓋骨が集まるのかと思って見ているうちに、霊符の明かりにきらめくものがあった。

「これは……わたしの佩玉《はいぎょく》!?」

近づいて手にとると、翡翠《ひすい》に描かれた蝶《ちょう》の細工と言い、紐結《ひもむす》びの形といい、世界にひとつしかない、姉からもらった佩玉だ。

「後宮で落としたはずなのに、なぜ、こんなところに……」

手にした佩玉を裏返し、夏月が疑問に気をとられていると、

「代書屋、部屋の観察ならまた今度にしろ。霊廟の出口はこっちだ」

呆《あき》れた声とともに、腕を掴《つか》んで引っ張られた。手にしていたままの頭蓋骨を放り投げるのも忍びなく、佩玉と一緒にあわてて袖《そで》のなかにしまった。

濡《ぬ》れて冷えきった手に触れられたからだろうか。冥府の主《あるじ》だというのに、触れている手は意外なほどあたたかい。夏月は泰山府君に手を引かれたまま、部屋から部屋へと連

れられる。結界を壊さずにすり抜けるのは難しいと言ったわりに、霊廟のなかは迷いなく歩けるようだ。

（なんと言えばいいのか……この冥府の王は、できることとできないことの区別がわかりにくい……）

　夏月が変なことに苦笑していると、その奥の、ただの岩の陰としか見えないような隙間に、背の高い姿がするりと入っていった。これはよく知っている人でなければ、わからないだろう。

　狭い階段を岩にぶつかりながら上っていくうちに、唸《うな》り声のような水音が背後から響いてくる。水音を聞いているだけで足が震えた。さっき体感したばかりの溺死《できし》する苦しさを思いだして、泰山府君の手に引きずられるようにして急な階段を上りきった。途中から空気が変わり、広い踊り場に辿《たど》りついたところで冥府の王が立ちどまる。

「先にも言ったとおり、私は後宮を自由に行き来できぬ。術を使えば結界を壊してしまうからな。この世には陰と陽の理《ことわり》があり、冥府の王といえど、陽界でできることにはかぎりがある。なにせ、神というのは高みにおり、有象無象の小さき者をひとりひとり認識するのは容易ではないのだ。

　だが、おまえは生者の身。しかも役職でこの霊域に出入りできるであろう。だから、私が合図したときには、またこの祖霊廟の内側に私を呼ぶのだ……いいな。泰山府君の手伝いができることを光栄に思うがいい」

「それはもちろん……泰山府君のお手伝いができるのは光栄の極みに存じますが……」

(泰山府君を呼びだす約束をしたら、そのたびに死にかけるのではないでしょうか)

夏月は傲慢《ごうまん》な神に抗《あらが》うように語尾を濁した。冥府の王の物言いにはそろそろ慣れてきたし、助けてもらった恩もある。あの赤子たちの無念を晴らしてやりたいとも思っている。それでいて、城に勤めに来たからこそ死にそうな目に遭ったわけで、

──『その霊廟《れいびょう》とやらをよく探ってみるがいい』

などと、最初に水を向けてきた泰山府君に対しての疑念は持っていた。

(神のお役目に関わるのは、どうもよくない予感がする……)

頭を下げたまま、なんと言って断ろうか考えていると、人を従わせることに慣れた声がぴしゃりと飛んでくる。

「なんだ、代書屋はやはり冥府に永久就職がしたいのか?」

「滅相もないことでございます。藍夏月は泰山府君の地上のお手伝いをさせていただけて光栄至極に存じます」

冥府に永久就職なんて冗談じゃない。

(いや、冗談で言われているにしても意図のわからない神様だ……)

言葉どおり受けとるわけではないが、返答に困る。

「よかろう。今日のところは、部下に命じて城門に車を回しておいた。家に帰り、体を清めたあとでよい。私の名を呼ぶのだ。そうしないと私はここから出られないからな」

泰山府君は不意に手を伸ばし、夏月の髪をかきあげて簪《かんざし》を挿しなおした。

「おまえがその簪を挿しているかぎり、おまえと私の間には道ができている。おまえが後宮の外で泰山府君の名を呼べば、私も外に出られる」

「承知いたしました」

その一言で冥府の神との取引は手打ちだった。どうして死にかけたわたしを黄泉《よみ》がえらせることができるのに後宮から出られないのか——とはもう訊《き》かない。

夏月は深々と礼をして、泰山府君と別れたのだった。


〈三〉


「洪長官、おうかがいしたいことがあるのですが、よろしいでしょうか」

明かりを遮る人影に話しかけると、声をかけられるとは思っていなかったのだろう。びくり、と動揺するように影が震えた。

泰山府君と別れて琥珀国の領域に戻ってきた夏月は、全身ずぶ濡れのままだった。祭壇の近くに明かりがあるのを確認して、手燭《てしょく》の代わりをしてくれていた泰山府君の霊符を服の懐深くにしまった。霊符は眩しい光を放つだけでなく、触れていると仄《ほの》かにあたたかい。冷えた体でも、どうにか動くことができた。

「ああ、夏女官か……首尾はどうであった……な、なんだその姿は？」

夏月が近づくと、洪長官は表情をさらに一変させた。当然だろう。絞っても絞っても、髪から服からぽたぽたと雫《しずく》は垂れてくるし、髪も乱れている。およそ城に女官として出仕できるありさまではない。

「風穴の隙間に落ちて、水のなかで死にかけまし……たっ……洪、長官？」

素直に危険な目に遭ったことを訴えようとすると、いきなり巾《きん》を頭からかぶせられ、大きな手で頭をごしごしと擦《こす》られた。

「全身ずぶ濡れじゃないか！　藍家の令嬢のくせに、君はどうも外見を気にしなさすぎる。手が冷たいな……手燭の明かりでもないよりましだ。あたたまりなさい」

手を握られると、さきほどの泰山府君の手とは違うあたたかさに夏月のほうが動揺してしまう。血行がよくなるように、ごしごしと摩《さす》られているのもあるが、言葉にしがたい骨張った指の感覚が、心に妙に引っかかった。

（この人の手は……本当にただの文官の手なのだろうか）

——『なににつけても同じことだ。幽鬼にしても、おまえの上司にしても……なにがしかの違和感をおまえがとらえているから気にかかる』

泰山府君から言われたときはおぼろげにしか摑めなかった違和感が、唐突に現実となって襲ってきたかのようだった。この上司にしても冥府の王にしても、なにかを腹の裡《うち》に隠しているのはわかる。そしておそらくは、その隠されているなにかのせいで夏月は今回死にかけたのだろう。そのすぐあとだけに、彼の行動に裏の意味があるのかと勘ぐりたくなってしまう。

（自分の顔がいい自覚はあるくせに……この上司はわざとやっていませんか……）

夏月が死にそうな目に遭った事実を、顔のよさでごまかそうとしているのではないか。そう疑いつつも、洪緑水にされるままになっていた。髪を拭《ぬぐ》ってもらう合間に、巾の向こうにちらちらと見える顔が整いすぎていて、違和感の原因を考えようとしても集中できない。

「夏女官、おい……意識ははっきりしているのか⁉」

両手で頰を挟まれ顔を近づけられ、夏月の思考はそこで止まった。

「ちょ、ちょっと待ってください……洪長官、近い……近いです」

「君が黙りこんだので、気を失うほど危険な状態なのかと……意識ははっきりしているんだな？　霊廟の外に出るまで歩けそうか？」

なおも真剣な顔でのぞきこまれ、夏月のほうが絶句した。疑いを放棄したのは、断じて顔のよさに絆《ほだ》されたからではない。ずぶ濡れの夏月を本気で心配しているように見えるのが、演技であれ本心からであれ、人間関係に乏しい夏月には見分けがつかない。だから、結局は夏月のやり方で真実を探すしか方法はないと観念したからだ。

「天原国の秘書を見つけました」

洪緑水の反応を見るために、夏月はあえて単刀直入に告げた。

「え……本当にあったのか……あ、いや。それはお手柄だぞ、夏女官」

肩を摑んでよろこぶ姿は、芝居がかってないだろうか。

（この人は初めから、あの天原国の祭壇のことを知っていたのでは……？）

夏月のなかに渦巻く違和感、答えのない疑問が、洪緑水は嘘をついていると訴えかけて、違和感を暴く時機を見計らってしまう。

（こういうときに泰山府君がいてくれたらいいのに……）

──複雑に絡まった糸の塊をひとつずつ解くように、質問を挟みつつ話を聞いてくれたら……。

自分でもそんなふうに考えたことに驚いたが、謎が解けないと胸がもやもやする。

ほとんどの牌《はい》は揃っているのに、なんの役になるのかだけがわからないのに似て、その謎の答えを知りたい。

（泰山府君はなんと言っていたのでしたっけ……）

──『気になるなら、よく整理して考えてみるがいい』

──『意識の外に追いやりながら、違和感を覚えているから気になっている──そういうことがあるのではないか？』

──『安易に物事を結びつけようとしていないか？』

響きのいい声を頭のなかでよみがえらせると、不思議と気持ちが落ち着いてきた。

祭祀《さいし》に天原国の古文経。琥珀国の祖霊廟と天原国の祖霊廟。地下《わたし》に大きな空洞──風穴があり、迷路のような場所に連れてこられた、なにも知らない女官。体よく殺されそうになったと考えられないこともない。

霊廟の奥で見た無数の頭蓋骨《ずがいこつ》が頭をよぎる。あれは誰が犯人なのだろう。

（連続殺人の犯行が可能なのは後宮に出入りできて、この霊廟の存在を知る人……）

そう考えれば、目の前にいる上司だって該当者のひとりなのだ。いまこの瞬間も、そこまでの悪意は感じられないし、洪長官から殺意を持たれる理由が夏月にはない。しかし、夏月以外の女官に対してはわからない。警戒したまま洪長官から一歩下がり、夏月は出口に至る階段をちらりと確認した。

「おうかがいしますが、この霊廟の秘密を知る人は誰でしょうか？」

自分たちが焚書《ふんしょ》をし、王族を死に至らしめてまで存在を抹消したがっていた国の祖霊廟だ。秘密を知る者は、そう多くはないはずだ。

「ずぶ濡《ぬ》れになって死にかけた部下のためにも正直にお答えねがえますか？」

語尾のほうは脅しめいた物言いになっていた。情報を引きだそうと気負ったのはあるが、それだけではない。まだ寒さが残る時節な上に、風穴にたまっていた地下水はひどく冷たかった。寒さのせいで歯の根が合わなくなってきている。正気を保っているうちに知りたいことを知っておかないと、あとになったら、追及しなければという強い気持ちが失われてしまいそうだった。

（遺体を捨てるには、ここに巨大な風穴があることを知っていなければならない）

だが、祖霊廟《それいびょう》というのは普通、その子孫しかなかに入らないものだ。

この場合は琥珀国の王族ということになる。

「当然ながら朱銅印様……六儀府も出入りしていますよね？　それと、清明節に祭祀を行う予定の王族は、いったいどなたなのです？」

琥珀国の祭壇の前で話すにしては、不穏な内容だ。詰問するような口調は、王族を非難しているようにも聞こえる。それでも、彼なりに罪の意識があったのだろうか。

「そうだな……騙《だま》すように連れてきて悪かった」

ぼそりと謝ったあとで、声音を一段低くして語りはじめた。

「ここはもともと、天原国の祖霊廟だったのを琥珀国の霊廟に造りかえたものだ。祭祀に関わる書類は焚書で失われたらしい。秘書庫には残っておらず、いま六儀府が管理する巻物はあとから霊廟を発掘調査したようだ。その発掘調査の文献も残っていない。正確な場所がわからない……なにせここは真っ暗だし、似たような場所ばかりで迷路のようだ。古い霊廟に入れるのは王族か祭祀にまつわる一部の者だけ……それで大きな調査が進まず、天原国の文字を読める者なら、我々には気づかない天原国の目印に気づくのではないかと思ったのだ」

（実際には目印どころか、呼ばれるようにして風穴に落ちたのですけど……）

幽鬼に手招きされたという真実は黙っておこうと思った。

「そして夏女官は本当に天原国の秘書を見つけた。その手柄に免じて答えておこう」

夏月に代書を頼みにくる人たちが本音をうちあける瞬間と同じように、だが、いつもの彼とは違う表情をしている。

――これは彼にとっての本音だ。

夏月はそう感じて、小さくうなずくにとどめた。変に質問を挟むより、語れるだけ語ってもらったほうがいいからだ。

「六儀府の長官も知っているが、彼も祭壇の場所は正確にわかってはいない。国王陛下はもちろん、王太子殿下も同じだ。そもそも、清明節には琥珀国の祖霊廟でも祭祀をしなくてはならない……それはわかるな？」

言われて一拍の間、夏月は考える。

（清明節はそもそもどこの家でも祖霊を祀《まつ》る節季……）

だんだんと頭のなかで整理してから考えることに慣れてきた。

「天原国の祭祀は特別なもので、祭祀自体は行いたいが公にはしない。例年のごとく、琥珀国の祖霊廟でも祭祀を行う――つまり、表の祭祀と裏の祭祀があると考えてさしつかえないですか？」

「言い得て妙だが、そうだ。表の祭祀――琥珀国の祖霊廟のほうは国王陛下と王太子殿下が行う。裏の祭祀――天原国の祭祀を執りおこなうのは第一王子の娟州王殿下だ」

言われてはっと夏月は息を呑《の》んだ。薄明かりしかなくてよかった。あきらかに顔色は変わっていただろうが気づかれていないようだ。

（娟州王――幽鬼の女官の話からすれば、彼は『灰塵庵』にやってきた琵琶《びわ》柄の襦裙《じゅくん》の

幽鬼と関わりがあるはずだ）

——その彼が、裏の祭祀を行うというのは、ただの偶然だろうか。

秘書庫で遭遇した王子の顔を思いだす。あのとき夏月は、壮年なりの色香が漂う王子を見て、女官がのぼせあがりそうだと思いながらも媢州王に苦手意識があった。

「不敬ながら王族の方をあまり存じあげないのですが、媢州王殿下とはどのような方なのでしょうか？」

夏月の問いかけは彼にとって触れられたくない内容だったのだろう。洪緑水はわずかに表情を曇らせた。

「代々の国王には王太子時代から連れ添った妃《きさき》がいることが多いが、たいていは身分が低い。そのため、王太子には、国王に即位してから決まった王妃との間に生まれた王子がなる——つまり、媢州王殿下は国王の長男でありながら、王妃の子に王太子の座を譲っているのだ」

王族のそんな複雑な事情は、書物で読んだことはあったが、いま初めて現実のことだと知った心地になる。

「つまり第一王子殿下は身分はともかく国王陛下にとっては長男に当たり、祭祀を行うだけの資格があるということですね？」

「そのとおりだ。祭祀をするということは儀礼的な意味を持つ。重要な祭祀ほど、国王陛下や王太子殿下が行う。それは祭祀を行う者に神の意思——権威があると見なされているからだ」
「つまり、重要な儀式の順に、国王陛下、次に王太子殿下。その次が……」
「今回の場合、話はやや複雑で、第二王子は後宮の祭祀ではなく、城の外の清明節の行事を担当される。ようするに表立った祭祀のほうが重要視されているわけだが、天原国の祭祀は国王陛下にとっては重要だ。それで、媚州王殿下がどうしてもと名乗りをあげたらしい」
「媚州王殿下は、公にはできないが、重要な祭祀を行うにはうってつけの王子だということですね……本当に名誉だけが理由であるといいのですが」
王族同士の思惑など、しょせん下っ端女官の夏月には関係ない。だから、名前だけを記憶にとどめて、おこりのようにわきおこる寒さに耐えていると、
──『先生、私……騙されていたんです』
ふと、あの幽鬼の声がよみがえり、そこで夏月は、あれ？　と重要なことに気づいた。
──『ここは琥珀国のなかにあって琥珀国ではない』
──『普通の幽鬼では、呪術的な結界を越えて泰山に還《かえ》ることができないのだろう』
（あの幽鬼がもしこの風穴のなかで殺されたとしたら、彼女はどうやって『灰塵庵』に来たのだろう？）
違和感を整理しても整理しても、どこからか整理しきれない謎が現れる。違和感のすべての欠片《かけら》を集めても、なにかが足りない。

(あの幽鬼のことも天原国の祭祀のことも、まだなにか見落としているのかもしれない)

背に子どもを連れた幽鬼。媚州王への手紙。媚州王が祭祀にこだわる理由。幽鬼が『灰塵庵』を訪れた理由。女官の幽鬼からの警告。

——『琵琶柄の襦裙の妃に近づいてはいけません……鬼灯《ほおずき》のあるところ……媚州王には気をつけて……』

(なぜ彼女は、琵琶柄の襦裙の妃に近づいてはいけないと言ったのだろう?)

霞《かすみ》の向こうにあるものが摑《つか》めそうで摑めないもどかしさで、頭が痛くなりそうだ。

「風穴……この地下には風穴がまるで蟻の巣穴のように広がっています。この霊廟以外にも風穴に入るほかの出入り口があるのではありませんか?」

ざわり、と総毛立つように、女官の言葉が耳によみがえる。

——『いくら後宮の園林といえども定まった道を外れると危険です。沼のようになっていたり、自然の風穴もあります。はまって亡くなった者もいますから、気をつけてください』

聞いていたときはそんなものかと聞き流してしまったが、自然の風穴はこの祖霊廟と繋《つな》がっていたのだろう。夏月はさっき霊廟の奥で拾った自分の佩玉《はいぎょく》を強く握りしめた。

考えごとをしている間にも体は芯《しん》から冷たくなり、丁寧に言葉を紡ぐことが難しくなってきた。背負った荷物があたたかく感じるほどだ。

「ほかの出入り口?」

今度の質問は完全に想定外だったらしい。洪長官は考えこんでしまった。

「いや……私は聞いたことがないな」

返事を待つ間に、またおこりのような震えがわきおこってきて、いよいよ質問をつづけられそうになくなってきた。

「さ、最後にもうひとつだけ……王子殿下たちが暮らす宮は後宮のどのあたりにあるのでしょう？」

震えを声に滲《にじ》ませないので精一杯だ。

「それを聞いてどうするのだ？」

内容が内容だから、さすがに警戒されたようだ。硬い声が返ってくる。薄闇のなかで表情が見えないからだろう。普段なら気がつきにくい、ちょっとした息遣いや声の調子のわずかな変化が、逆によく感じとれる。不幸中のさいわいと言おうか。おかげで、いつもよりもはっきりと洪長官の感情の機微が感じとれた。

（この人は……ただの閑職の長官とは、なにかが違う）

違うとは思うが、原因はわからない。ともかくいまは夏月を殺そうとしたのではないなら、その違和感はいったん棚上げだ。思考から外す。

「……洪長官、地下の風穴にはたくさんの女子どもの頭蓋骨《ずがいこつ》がありました。天原国の霊廟に納められていた人骨ではありません」

「突然なにを……いや、どういう意味だ？」

地下の祭壇の前に累々とさらされていた頭蓋骨を見ていない人には、話がいきなり飛躍したと思ったのだろう。とまどいまじりに聞き返される。その純粋なとまどいは、彼が犯人ではないという証左だ。それだけはほっと胸を撫《な》でおろした。

しかし、夏月としては、清明節の祭祀《さいし》よりも重要なことを聞いたつもりだった。

「昨年の夏、運京でも後宮でも酷暑でたくさんの人が死に、誰かが亡くなってもそれは酷暑のせいだとみんな簡単に納得したでしょう」

――『木を隠すなら森、人を隠すなら人混みのなかに』

「……死体を隠すなら、死体のなかに」

夏月は低い声で呟《つぶや》いた。臨時雇いで死亡通知書を書いていたときから、かすかな疑問を抱いていた。後宮で多かったのは流行病《はやり》ではなく、酷暑による熱の病だ。市井では夏によく聞く話だが、栄養状態が悪い官婢《かんぴ》や下働きの女官だけでなく、中級以上の妃にまで多数の死者がまじっているのは奇妙だと思いつつ、確証がないことを口にできなかった。

「おそらくは、去年の災禍で死者の数が増えたのは、大量殺人を隠すのに都合がいい状況だったのでしょう。後宮で誰かがたくさんの女性を殺して、この霊廟《れいびょう》に遺体を捨てた形跡があります。女性たちは望まぬ妊娠をしたがゆえに殺されたと思われます」

ここまで言えば、なぜ夏月が王子たちの宮の場所を知りたがったのかを理解したのだろう。薄明かりのなかでさえ、身をこわばらせた彼の姿がはっきりと見てとれた。

「まさか……まさか君は、王子のうちの誰かが後宮の妃に手を出したと、そう言いたいのか？」

「その可能性が高いです」

夏月の言葉に洪長官はあきらかにうろたえていた。これが重大な事件だと認識したからというより、もっと個人的な動揺に見える。

「あなたは……殺されてまで後宮の奥に囚《とら》われている魂が憐《あわ》れだとは思いませんか。彼女たちは死してなお泰山に還れず、恨み辛《つら》みだけを糧に幽鬼となって彷徨《さまよ》うのです……」

――夏月のところに現れた幽鬼のように。

さきほど袖《そで》にしまった小さな頭蓋骨を思いだし、夏月は手をいれてとりだした。

「おい、夏女官。それは……」

「地下で見つけた赤子の白骨死体です。ほかにもいくつもありました。おそらくは妊娠させた事実をなかったことにするために殺されたのです。去年のように人がたくさん亡くなったときには、後宮のように管理された場所であっても混乱があったでしょうから」

夏月の頬には、濡《ぬ》れた髪から流れ落ちた雫《しずく》とは違い、熱い涙が流れていた。

「わたしごときがどうこうできる問題だとは思いません。洪長官の裁量でもないでしょう。しかし、ここで犯罪があったことは揺るぎのない事実です」

王族を裁く権利など、夏月のごとき下っ端の女官にはない。

（でも、それでは殺された人の無念は救われない。そして……）

——『典型的な大量殺人鬼……生きた人間の所業だ』

「このまま放置しては、また殺人が起きるかもしれません」

また被害者が出る可能性を知っていて、放置したくない。たとえ夏月自身には直接関係なくても。

（そしてもし、手紙の宛先《あてさき》が媚州王殿下なら幽鬼の手紙を届けてやりたい……）

夏月の推測が正しければ、王子の宮に近い井戸のどれかは、この風穴と繋がってるはずだった。手近な井戸に遺体を放りこめば、遺体の処理に困らない。泰山府君の言葉から考えるに、王子が殺した妃《きさき》や女官はひとりふたりの話ではないはずだ。

「殺された女官だけではありません。遺体が放りこまれた井戸を使った後宮の女官は、その傷んだ水が原因で体を壊し……亡くなった者も多数いるはずです」

貴人はともかく、庶民は医師にかかるほどの余裕がない。後宮でもそれは同じで、女官や官婢なら体調が悪くても働きつづけて、あっけないほど簡単に死んでしまう。

——だから去年、後宮ではたくさんの女官が亡くなった。

「陛下が祭祀を行うと決めたのは、天原国の呪いを鎮めるためだけでなく、昨年亡くなった無辜《むこ》の死者を鎮魂したいからだとおっしゃいましたよね？　でももし……それが呪いではなくひとりの人間のせいだとしたら……陛下に原因を排除する意思はおありでしょうか？」

国王の徳が足りないとか、天原国の呪いだとか市井では噂されているが、実際には呪いではなく人間の所業だ。祭祀を行うよりその原因を絶つほうが、確実に不審死を減らす効果がある。

「すべて記録に残されており、照らし合わせれば、はっきりすることです」

記録はそのままでは、ただの文字の羅列にすぎない。しかし、記録に法則を見いだす者がいれば、そこに意味が浮かびあがる。わざわざ文字にして記録を残すことは、その読み解きをする誰かへ手紙を書くようなものだった。

「死亡名簿と後宮の地図を照らし合わせれば、わかります。おそらく、去年、特定の王子の宮の近くでは、たくさん女官が死んだはずです――おそらくは、媚州王殿下の宮の近くで」

いくら井戸に死体を落とせば簡単に見つからないとはいえ、何人も放りこめば井戸の水がおかしいと気づいた者がいたはずだ。

（おそらく媚州王殿下は知っていたのでしょう……）

自分が使っている井戸が、底のほうで祖霊廟と繋がっていることを――。

だからこそ、あの王子は天原国の鎮魂祭を自分にやらせてほしいと名乗りでたのだろう。万が一にも、祖霊廟を捜索されると困るからだ。

「夏女官の言いたいことはわかった。しかし、ここは祖霊廟だ。君の手にしている頭蓋骨が殺された女官の赤子だとどうして言えるのだ。琥珀国の王族の頭蓋骨は揃っていたとしよう。しかし、余分に見つかった頭蓋骨は、天原国の霊廟から出てきたものではないか？」

「格物致知……」

「え？」

「洪長官、その説明は秘書庫のとある本を示しながら説明させていただけませんか？」

過去に書物に著した知識は時間を超え、場所が変わっても、実践されることで普遍の価値を放つ。

（そのことを――わたしが実践してみせる。いま、この黒曜禁城で……）

寒さにがくがくと震えながらも、夏月の瞳《ひとみ》は強い光を放っていた。

† † †

「こちらの図をよく見比べてください」

夏月は両手に二枚の紙を持って、洪長官と眉子の前に掲げた。

「左が琥珀国男性の頭蓋骨《ずがいこつ》の標本図、右が琥珀国女性の頭蓋骨です」

朝早くから霊廟に入っていたせいだろう。外に出てみれば、まだ明るかった。あんなに長い間、暗闇のなかにいたと思ったのが嘘のようだ。洪長官の手配で後宮の女官から服を借り、夏月が着替えている間に、秘書庫では本を探してもらった。

それが『白骨標本図』を写した古文経伝だ。元本――古文経は天原国の医師が書いた本で、天原国の人々と琥珀国をはじめとする近隣の国々の頭蓋骨の特徴が、絵図とともに書いてある。古文経伝とは、原典となる本に後世の人が解釈を付け加えた本のことだ。

おそらくは図版が大半だったせいで焚書《ふんしょ》を免れたのだろう。この本は夏月が秘書庫に来たときに存在に気づいていた天原国由来の書物だった。

着替えて戻ってきた夏月は、『白骨標本図』から図の写しを作り、霊廟の奥で見つけた頭蓋骨の説明をはじめたのだった。

「女性の頭蓋骨のほうが全体的に小さく、横から見ると額の形などに違いがあります。こうやって並べると、はっきりと特徴に違いがあることがわかります」

大きく一枚ずつに描いたふたつの図を文鎮で机に留めると、夏月は今度は別の写しを掲げる。

「こちらが天原国の男性の頭蓋骨です。横から見るとより違いがありますが、眼窩《がんか》の形や鼻の高さ、額の長さが琥珀国王族と違います」

赤子の頭蓋骨は変形しやすく、性別を判別しにくいが、もともと霊廟にあったのは古い骨ばかりだからだろう。黄ばんだ古い骨とはあきらかに違い、赤子と女性の骨は新しかった。

「琥珀国の霊廟には十一体の白骨――太祖からの国王が三人、王子が八人で、女性はなし。天原国の霊廟にどれだけの白骨が安置されていたかわかりませんが、天原国の白骨はより古く、顔立ちの特徴も異なります……わたしが見ただけで、最低でも大人の琥珀国女性の頭蓋骨が十六、小さな頭蓋骨が五つで、二十一人分の頭蓋骨がありました」

まっさきに反論したのは、意外なことに眉子だった。

「十六人もいなくなったら、さすがに内侍省が把握してませんか？　後宮の管理はそこまで杜撰《ずさん》ではないはずです」

後宮に住む大半は、妃嬪《ひひん》ではなく女官や宦官《かんがん》などの使用人だ。働く人数が多いだけに、どの宮の所属か、誰の管轄下にある者か、きちんと名簿が作られている。それを管轄しているのが内侍省だ。後宮の長は王妃ということになっているが、実質的に使用人たちを管理しているのは宦官たち内侍省だった。そんなに多数が行方不明になっているなら、宦官が知らないわけがない。宦官として働く眉子は、そのことを身をもってよく知っているのだろう。

「実際に行方不明になったのが、妃なのか女官なのかはわかりません。しかし、おそらく遺体を確認せずに死亡届が出されたのです――去年の夏は後宮でもたくさん人が亡くなりましたから、医師の手が回らず、かなりの数が届け出だけで処理されたと聞いています」

夏月自身、その手伝いをしたから、よく覚えている。感染症の怖れがあるからと遺体を荼毘《だび》に付すのが間に合わず、後宮の端に遺体を燃やす場所が作られていた。

「犯人はそういう混乱を利用して、自分の殺人を隠蔽《いんぺい》したのでしょう」

夏月は袖《そで》の奥から佩玉《はいぎょく》をとりだして、さきほど洪緑水にした説明をくりかえした。

「先日、後宮で道に迷ったときにこの佩玉を水溜《みずた》まりに落としました。ところが、霊廟《れいびょう》の奥の、頭蓋骨が集まっていた場所のなかから、なぜかこの佩玉が出てきたのです。つまり、霊廟の入口だけでなく、後宮にある自然の風穴はどこかで霊廟と繋《つな》がっているということです」

おそらくは夏月が佩玉を落とした近くに、王子の宮があるはずだ。

（築地塀《ついじ》に囲まれ、方向感覚がないまま歩いていたから正確な場所はわからない……）

でも、地図で見ればはっきりするはずだ。

（幽鬼の手紙のもうひとつの宛先――それが媚州王殿下なのだろう。女官の幽鬼は琵琶《びわ》柄の襦裙《じゅくん》を着た幽鬼に仕えていた……多分。そして、あの幽鬼は媚州王殿下に殺されて、その恨みを晴らすために、『灰塵庵』を訪れた――そういうことだろうか？）

すべては推測の域を出ないし、推測を確定づけるためにはいくつかの証明が必要だ。まだ解けない謎も残っている。夏月自身、女官の幽鬼から媚州王の名前を出されなかったら、すぐにこの結論に辿《たど》りつけなかっただろう。

――すべては幽鬼が『灰塵庵』を訪れたことからはじまった。

（あの夜、幽鬼の代書を引き受け、手紙を届けてやりたいと思ったことで死ぬ羽目になり、泰山府君と関わるようになったなんて……）

夏月自身、自分の身辺の目まぐるしい変化に驚いてしまう。

「どの女官が、霊廟にあった、どの白骨死体なのかを知る術《すべ》はありません。傷を負ったり歯を治したり……骨に残るような治療痕《こん》でもないかぎり、個人の特定は難しいでしょう。でも、名簿と後宮の地図を照らし合わせれば、どのあたりで一番亡くなった者が多いのかは、すぐわかるはずです」

死亡通知書の手伝いをしたとき、同じ宮の女官の分をつづけて書いたことがあった。おそらくその宮は、死体が投げ入れられ、傷んだ井戸の水を使っていたはずだ。

「――そうやって、記録から浮かびあがってくる事実を積み重ねていけば、おのずと答えが出る……ということか」

夏月が口にしなかった言葉を、洪緑水がひきとった。

「わかった。ひとまずこの件は私があずかる。王族の犯罪に関わるかもしれないというのは、外廷の一女官には手にあまる話だ……わかるな、夏女官」

「はい。後宮の安全が保たれ、霊廟の奥に眠る無数の遺体を弔ってやれれば、わたしとしてはそれで問題ありません」

夏月は机に置いた赤子の頭蓋骨をひとまず自分の小物入れにしまい、そのなかに手紙をいれていたことを思いだした。

「そしてもうひとつ……お願いがあるのです」

残された手紙の宛先《あてさき》に、媚州王の名前を書き入れ、眉子に差しだす。

「この手紙を媚州王殿下に届けてくださいませんか？　代書屋の仕事なのです」

後宮のことだからと宦官の眉子にお願いしたのに、洪緑水がとりあげ、封紙《ふうじがみ》を開かれた。有無を言わさず、中身を確認される。

「……『私は騙《だま》されたのでしょうか。ここは暗くて冷たい。早く外に出してください。私と一緒になってくれると言ったのは嘘だったのでしょうか？　もし私を哀れに思ってくださるなら、返事は運京は東、泰廟《たいびょう》裏手の代書屋『灰塵庵』へいただけますでしょうか。……琵琶柄の襦裙の妃より』これが……代書屋の仕事か？」

読みあげられたところで、まさかそれが幽鬼からの依頼とは思っていないのだろう。洪緑水は眉間《みけん》にしわを寄せたが、最終的には眉子に渡してくれた。

「誰から頼まれたか知らないが、代書屋の名前を出すのは危険ではないのか」

「それは……少しは。でも、代書を依頼されたからには手紙はできるかぎり届けてやるのが代書屋『灰塵庵』の矜持《きょうじ》ですので」

その噂を頼って夏月に依頼したことを思いだしたからだろう。洪長官はそれ以上小言を言う代わりに、はぁ、と深いため息を吐いて、大きな布巾《ふきん》をばさりと夏月の頭からかけた。

「夏女官、その髪はもう少し丁寧に拭《ふ》けなかったのか。秘書庫の床にぽたぽたと雫《しずく》が落ちている……寒掖《かんえき》に見つかったら怒られるぞ」

いきなり視界を奪われて驚いたものの、霊廟のなかでもやられていたからだろう。頭上から聞こえている洪緑水の声で状況を把握する。

「ちょっ……洪長官、待ってください、簪《かんざし》は大切なものですので……自分で拭きますし」

急いで着替えたせいだろう。ときおり汗のように水が頭髪のなかを流れるのを感じてはいた。しかし、紙に雫は落とさなかったし、なにより簪《ちからず》を外され、上司に二度も髪を拭かれるのはいたたまれない。夏月なりに抵抗したが、力尽くで拭かれると、さすがにかなわなかった。秘書庫は倉だから、外と比べれば薄暗いが、天窓から射しこむ光があるせいだろう。霊廟のなかより格段に明るい。布巾の合間から、間近に洪緑水の整った顔がちらちらと見えるのは心臓に悪かった。

(ど、どうしよう……)

行政府の一長官ともあろう人が、なにを考えて女官ごときの髪を拭いているのだろうと思うと、さすがの夏月も落ち着かなかった。

(不機嫌そうにやっているのか、単にわたしをからかっているのか……)

気まずさを紛らわせるようにちらりと顔をのぞけば、予想外なことに、彼は肩を震わせて、「くくく……」という笑いを押し殺していた。その挙げ句、

「夏女官……わかったぞ。なぜ、朱銅印が君との婚約を破棄したがったのか……君は厄介事を自分で引きよせる性質だろう？……並の男では手に負えまい」

いまさらこんなことを言いだしたのだ。

「……はぁ。さようでございますか」

髪の先のほうまで丁寧に拭いてくれながら、なにを言うかと思えば、そんなことかと夏月のほうが拍子抜けしてしまった。

（なんだこれ……なんと答えるのが正解なのだろう？）

そこまで言うなら、『並の男』ではない人を紹介してくださいとでも言うのが、上司に対する正しい答えだろうか。しかし、夏月は結婚するより仕事が欲しいのだ。そこまで考えて、ようするにこういうことだと思った。

「並の男では手に負えなくて結構ですので、実入りのいい仕事を紹介していただけませんか」

「女官よりも実入りのいい仕事か……先日書いた格言に報酬を出そうか。ついでに蒼頡の伝説を対聯《ついれん》にでもしてもらおうかな。あれは写本府に飾るのによさそうだ」

「蒼頡の伝説……ですか。そうですね……それは」

婚約者を紹介してもらうよりよほどいい――そうつづけようとした瞬間、また激しい震えがわきおこった。鼻水が出て、くしゃみが止まらない。夏月の状態があまりにも酷《ひど》かったからだろう。眉子までもが気を遣って、洟《はな》をかむようにと手巾《しゅきん》を手渡してくれるありさまだ。

「この話は後日詳しく聞いたほうがよさそうだ。仕事で風邪を引かれては困る。媚州王殿下の件と内侍省の名簿はこちらで確認する。夏女官は今日はともかく、帰りなさい」

上司からそう命じられ、夏月は退勤する定時を待たずに帰宅させられたのだった。

第四章　やさしい幽鬼の殺し方

〈一〉

「泰山府君《たいざんふくん》——冥府《めいふ》の王。後宮の内側より出《い》でて、どうぞこちらの——泰廟のある山裾《やますそ》へお戻りください」

まるで呪文を唱えるがごとく、簪に触れた夏月《かげつ》が呼びかけると、ふぅっと煙が立つように、白い長衣を纏《まと》った貴人が『灰塵庵《かいじんあん》』の狭い室内に現れた。その姿を見て、どうやら簪がこの神と繋《つな》がっているのは間違いないと実感する。

（後宮は自由に行き来しにくいというのも……本当のことなのでしょう）

後宮の内側と外側で泰山府君を呼ぶのが、夏月の仕事ということらしい。

先刻、洪《こう》長官のもとを辞した夏月は、泰山府君に言われたとおり、城門で待っていた紅騎《こうき》に文句を言われながらも馬車で『灰塵庵』まで送ってもらった。別宅に着いてから湯を沸かしてもらったせいで時間がかかったが、体を温めて人心地つき、ようやく泰山府君を呼びだしたのだった。

　夏月をつきとばすようにして、現れた神に近づいたのは紅騎だ。

「泰山府君！　お帰りなさいませ……お体の具合はいかがでしょうか？　問題ありませんか？」

　夏月が神の体に埃《ほこり》でもつけたと言わんばかりだ。紅騎は泰山府君の衣を手で払い、しわひとつない袖《そで》をわざとらしく整えている。

「うむ……特に問題ない。紅騎も役目を果たしてくれたようで、なによりだ。代書屋も大儀であった」

　夏月がいることなど忘れたかのように、部屋のまんなかに泰山府君を座らせようとする紅騎を制して、泰山府君は夏月に視線を向ける。意外なことに、冥府の王は本当に夏月がすぐ帰ったかどうかを心配していたようだ。手に手を重ねて揖礼《ゆうれい》し、自分は大丈夫だと伝えると、神は満足げに微笑んだ。

　こういうところが、夏月としては調子が狂ってしまう。手伝いを頑張ろうと思ったつもりが逆に気を遣われてしまい、居心地が悪い。そんなことを考えたのは、しかし、わずかの間だった。

「代書屋、久しぶりの陽界で私は疲れた。夕飯を用意するがいい」

　どこの我《わ》が儘《まま》な大府がやってきたのかと言わんばかりに好き勝手を言われて、命の恩人相手といえども夏月は絶句した。ただでさえ、狭い店のなかに体格のいい青年がふたりもいるのだ。どことなく息苦しささえ感じてしまう。

（ここは、とっととお帰り願おう……）

「申し訳ありませんが、我が家は侘《わ》びしい庵《いおり》暮らしなのです。貴人に出すような夕飯の支度などしておりませんよ」

そうつっぱねた矢先、窓の外から可不可《かふか》の声がかかった。

「お嬢、お客様でしたら、均扇楼《きんせんろう》に行ってらしたらどうです？　先日の墨書の件で、女店主からお礼をいただいたばかりなんですよ。お嬢は留守でしたので、またご挨拶《あいさつ》にうかがいますと返答しておいたんですが……」

漏窓越しに話すのが聞こえていたのだろう。泰山府君が背後から口を挟む。

「均扇楼とは先日代書屋が落ちてきた酒楼だな。あそこは鳥鍋《とりなべ》がうまいと客が話していた……疾《と》く案内せよ」

「は？　いえ、でも……」

「では先触れに人をやっておきますね」

動揺する主《あるじ》をよそに、機嫌よく可不可が返事をするなんて――。夏月のほうが驚いてしまった。夏月のところにやってくる風変わりな客を、従者の青年がこんなに歓迎するのは珍しい。やはり、泰山府君の貴人のような佇まいが物を言うのだろうかと茫然《ぼうぜん》としていると、

「お嬢、接待ですよ。あの方たち、上等なお客様なのでしょう？　代書の仕事だと言っ

て先払いでお金をくれたんですよ……ほら」

　耳打ちしながら見せてくれたのは、舟形の銀錠だった。銀五十両ほどの価値があり、滅多に見ない大金だ。いつのまに銀なんて支払ったのだろう。泰山府君は呼びだしたばかりなのだから、可不可がやりとりするとしたら紅騎しかいない。

（わたしが湯に浸《つ》かっている間に可不可を懐柔するなんて……）

　油断も隙もないとはこのことだろう。夏月が後ろを振り返ると、紅騎はすました顔をして茶を飲んでいた。「泰山府君の分もお茶を淹《い》れていただきましょう」などと催促までされている。

「お金って冥銭じゃないの？　だってこの方は……」

　冥府の王なのだ。持っているお金と言えば、冥銭に決まっているだろうと可不可に言いそうになり、慌てて手で口を押さえる。

「なにを言っているんですか。間違いなくちゃんとした銀錠ですよ、ほら、偽造防止の刻印もされてますし」

　銀錠を夏月の手のひらに載せてくれる可不可は、ひどくうれしそうだ。しかし、銀とは。夏月は目を瞠《みは》ってしまった。

「私が地上の金を持たないと思ったか。あさはかだな……さて、では茶を飲んだら出かけようか。たまには地上のあたたかい料理も興味深い……話はそのあとだ、代書屋」

　その言葉にはっと夏月は現実に引き戻された。夏月の察し間違いでなければ、夏月が泰山府君に話したいと思っていたことをこの神は知っているのだ。話を聞いてやると匂わされると、無下に追い返せない。

仕方なく夏月は、泰山府君や紅騎と連れだって均扇楼まで出かけたのだった。

† † †

夕刻の城市はあちこちに朱《あか》い行燈《あんどん》が飾られ、華やかなにぎわいを見せていた。

この時間の運京《うんけい》は、どこか懐かしささえ感じるほど美しい。

(鬼灯《ほおずき》の明かりに誘われる幽鬼の気持ちがわかるような……)

竿燈《かんとう》が立つ広場を横切り、見慣れた酒楼へと足を踏み入れると、使いをやっていたからだろう。すぐに女店主がやってきた。可不可が料理を注文し、女店主とやりとりをしている間、「この壁の詩は風流だな」などと客が話している声が耳に届く。

夏月が壁一面を使って筆耕した五言律詩は吊《つ》り燈籠《どうろう》に照らされ、薄闇のなかに浮かびあがっていた。

「あの墨書は大変評判がいいんですよ」

「ほう……あのとき書いていたものか。確かに悪くないな」

なぜか女店主の世間話に泰山府君が応《こた》えている。こういうところが偉そうな貴人にしか見えないのだろうなと半ば呆《あき》れ、半ば感心しつつ、吹き抜けになった階段を上る。

（褒められるのは、わたしとしても気分がいいから、まあいいか……）

いまさら泰山府君の態度に苛立《いらだ》つこともないと、ざわめく店内を通りぬけ、二階の奥へと案内される途中のことだった。ふと、どこかで見た顔が客のなかにいるなと思っていたら、食事中のその客と目が合ってしまった。

「藍《らん》夏月……なぜ、おまえがここに……良良《りようりよう》との逢《あ》い引《び》きを邪魔しに来たのか？」

誰がこんな場所で会うと思うだろう。元婚約者の朱銅印《しゆどういん》だった。たちまち、夏月は死んだ魚のような目になった。

「朱銅印様。なぜわたしがあなたの逢い引きの邪魔などする必要があるのでしょう」

先日、弘頌殿《こうしようでん》で遭遇したときもそうだったが、なぜそうまで自分に都合がいい解釈ができるのだろう。夏月には元婚約者の思考がよくわからない。しかし、ちらりと奥にいる女性の視線が夏月の背後に動き、息を呑《の》んだ瞬間は見逃さなかった。

なにせ夏月の後ろには泰山府君がいる。いまは白い着流し姿で、冥府にいたときよりも地味な格好だが、さすがは神だ。泰山府君は大変な美青年だし、お付きの紅騎も凛々《りり》しい。逢い引き中の女性であっても、思わず見蕩《みと》れるのも無理はなかった。夏月が妙なことに感心していると、なにを思ったのだろう。泰山府君が夏月の腕に自分の腕を絡め、親しげに腰を抱きよせた。

「夏月、そこにいるのは、おまえの元婚約者か？」

「は……？」

いつもは代書屋と呼ぶくせに、突然、名前を呼ばれて夏月の頭は真っ白になった。思いがけず、頬が熱くなったのがわかる。

(この神は……こんな人前でいったいなにを考えて……)

無理やり腕をふりほどこうとした夏月に、

「……見返してやりたかったのではないのか？」

という低い声が響く。言われてみればそのとおりなのだが、普段、色恋に疎い身では、鈍いにもほどがあった。その言葉でようやく泰山府君の意図を理解した夏月は、どう見返してやればいいのか自分でもわからなかったのだ。

「そうなんです……泰……師兄」

いつものように『泰山府君』と呼びそうになって、とっさに別な呼称に言い換える。運京では有名な神なのだ。『泰山府君』という名を連呼しては奇妙に思われるかもしれない。ただでさえ、『黄泉《よみ》がえりの娘』などと不名誉な噂を立てられているのに、これ以上、不可解な娘だという噂はごめんこうむりたい。

(いや待って……大人《たいじん》のほうがよかったかも……)

口にしたあとで迷ったが、朱銅印にとってはどれでも変わりはないようだ。ただ呆気《あっけ》にとられた顔をしていた。

「このように、わたしにも求婚してくださる方がおりますので、ご心配には及びません、朱銅印様」

そう言ってのけた夏月は、泰山府君との仲のよさを見せつけるように、にっこりと微笑んだ。元婚約者の顔はさすがに見物だった。いかに現世の人間に身をやつしていても、泰山府君はただびとには見えない。夏月のことを落第令嬢扱いしていた朱銅印にしてみれば、先日の『偽私放奢《ぎしほうしゃ》』につづいて、精神的な敗北を味わっていることだろう。

正直に言えば、婚約破棄そのものはもうどうでもよかったのだが、少しだけ胸がすいた。しかし、どうやら泰山府君がこの小芝居をはじめたのは、ただ朱銅印をやりこめるためだけではなかったらしい。

「ところで夏月……あの元女官に聞きたいことがあったのではないか？」

耳元で囁《ささや》かれ、ようやくそこで冥府《めいふ》の王の真意に気づいた。この神は夏月が思っているよりずっと夏月の目的に協力的だ。そこに別な意図があるにしても、泰山府君の小芝居に乗ることは自分にも十分な利点がある。夏月と泰山府君から視線を向けられた良良は、とまどいながら顔を上げた。

「私、ですか？　あの……朱銅印様のことは申し訳ありません。婚約者がいたなんて存じあげず、私は……その、女官というのは後宮では立場が弱いですから、さりげなく助けていただいたことがありまして……」

悲壮感たっぷりに床に伏す娘を前に、夏月は言葉を遮った。彼女の肩に手をかけて、

「いえいえ、いいのです。朱銅印様とはぜひ、おしあわせになってくださいませ」

夏月としては、そこは強く念を押しておく。

「ですが、いまの話はもう少し詳しくおうかがいできませんか？　たとえば……そう。後宮の秘書庫で、媚州王《びしゅうおう》殿下に拝謁したことはありませんか？」

あえて駆け引きはせず、率直な物言いをした。媚州王の名前を出したとたん、彼女の顔色がさっと青褪《あおざ》めたのがわかる。意外なことに、朱銅印の表情まで変わったところを見ると、彼も知っていたらしい。

（つまり、朱銅印とこの人が親しくなったのは、もしかして……）

ふたりの表情から、この元婚約者がそれなりに義を持って、良良という名のこの元女官を助けたのだとわかってしまった。媚州王から誘われたなら朱銅印をとらないだろうなどと考えて申し訳なかったな、と反省する。

「朱銅印様、もしかして媚州王殿下に話しかけられ、良良さんが困っていたことがあったのでしょうか。あなたからの証言だとは……公にしないように努力します。できれば洪長官に話していただけないでしょうか？」

権力を持つ相手に逆らうのは城では命とりだ。それでも、媚州王の行為は証拠を積み重ねなければ、証明できないだろう。夏月が朱銅印に強く迫ると、元婚約者は負けてなるものかと思ったようだ。夏月を睨《にら》みかえして立ちあがった。

「おまえの命令など誰が聞くものか！　帰るぞ、良良」

「あ、はい」

どうやら先に来ていたふたりはもう料理を食べおわるころだったらしい。そのまま、不機嫌そうに去っていったが、夏月としては十分な収穫があった。

「ありがとうございました、泰山府君……ええと、大人」

可不可もいたのだったといまさらながら気づいて、呼称を言いかえる。

「よい、師兄《しけい》と呼んでさしつかえない」

恐縮した夏月が揖礼《ゆうれい》する前をするりと通りぬけて、泰山府君は囲炉裏がある席へと案内されていった。すっかり話しこんでいたからだろう。先に注文していた鳥鍋《とりなべ》は、自在に吊《つる》され、熾《おこ》した炭火の上でぐつぐつと煮えていた。泰山府君は熱々の鍋が気に入ったようだ。機嫌よさそうに酒を注文し、鍋をつつきはじめた。

（鍋をつつく冥府の王というのはいかがなものだろう……）

違和感があると言うべきか、意外となじんでいると言うべきか、判断に苦しむ。でも、思えばこの神との縁はこの店からはじまったのだ。

（わたしが壁に墨書しているときに梯子《はしご》から落ちたところを助けてくれて……）

――盛大に笑っていた、あのときから。

思いださないほうがよかったが、そろそろこの偉い神様の傍若無人な振る舞いに慣れてきた。いまさら腹が立つということもないが、なんとも言葉にしがたい微妙な気持ちにはなった。

「どうした、代書屋。箸《はし》が進んでおらぬではないか……それとも、まだ気になることがあるのか？」

「それはもちろんありますが……あ、いまその肉をとろうと思ったのですよ！」

椀《わん》に盛りつけようとする前にかっさらわれて、非難がましい声をあげてしまう。

茸《きのこ》や山菜で出汁《だし》をとったなかに、鶏肉をふんだんにいれた水炊きはとてもおいしい。体が芯《しん》から温まる。湯気が立つ鶏肉を箸で摑《つか》み、はふはふと火傷《やけど》をしないように気をつけて口腔《こうこう》に運ぶと、旨《うま》みが口のなかに広がった。じわじわと五臓六腑《ごぞうろっぷ》に染みわたる。醬《ひしお》をつけて食べてもいい。辛みと旨みがまざった風味は、鶏肉の味を引きたてるから、なおさら箸が進む。

「泰山……師兄は人間の食べ物をずいぶんうれしそうに召しあがりますね」

わざわざひとりで店に来ていたくらいなのだ。この神は食い道楽なのだろうと思ったが、目の前で食べる姿を見るとやはり奇妙で、感想を漏らさずにはいられなかった。

「料理に貴賤はあるまい。美味《うま》いものを美味いときに食べる。それのなにが悪いのだ」

「なにも悪くはありませんけれども……」

ただ意外だっただけだ。漆黒の闇のなか、冥界の法廷での超然とした姿を知る身からすると、酒楼で「泰山府君が鍋を食べているぞ」というのは、夏月が『黄泉がえりの娘』などと嘲笑《あざわら》われるより奇怪な光景に見える。もし地獄の亡者に教えても、けして信じないだろう。夏月の考えていることなどお見通しだったのかどうか、冥府の王は新しく椀に盛られた肉だの水餃子《すいぎょうざ》だのをひとしきり食べたあとで、唐突に話題を変えた。

「ところで、代書屋。まだなにか話があったのだったな……私の使いをよく果たしてくれた礼だ。話すがいい」

そう言いながら、給仕に餃子のおかわりを頼んでいる。給仕が持ってきた餃子をひとつひとつ鍋のなかに落としながら、夏月は自分のなかに言葉を探した。

「正直に言えば、わからないのです……上司に対してなにをおかしいと感じているのか、女官の幽鬼の言葉がなにを示しているのか……『灰塵庵』を訪ねてきた幽鬼が何者なのか……」

後宮の幽鬼は燭明宮《しょくめいきゅう》の女官だと言っていた。それは確か紫賢妃《しけんひ》から聞いた瑞側妃《ずいそくひ》——琵琶《びわ》柄の襦裙《じゅくん》をよく纏《まと》っているという妃《きさき》の宮だ。しかし、彼女は生きているというのだから、あの夜の幽鬼にはなりえない。夏月の思考はそこで堂々巡りになる。それでいて、頭のなかでなにかが捩《ねじ》れているような、もやもやとした気持ちが広がっていた。

（それに幽鬼が指定した宛先《あてさき》と同じ、楽鳴《らくめい》省護鼓《ごこ》村出身の妃と宦官《かんがん》も気になる……）

「安易に物事を結びつけてはいけないとおっしゃいましたが……わたしにはやはり無関係には思えないのです」

いまごろ、媚州王に宛てた手紙は届いているだろうか。もし、彼が自分のしたことを人に知られたくないと思ったなら、夏月に口止めをしに来るだろうか。

「差出人が後宮の側妃で、手紙で王子との逢《あ》い引《び》きを匂わせているなら、琥珀国《こはくこく》の国主に背く大罪であろうな」

歯に衣《きぬ》着せぬ物言いをされて、夏月はあわてて手を伸ばして泰山府君の言葉を封じた。

「陛下！　陛下ですよ……ほかの人のいる前でその物言いはまずいと思います」

酒楼には突然来たから、個室は空いていなかったのだろう。奥まった席とは言え、給仕は行き来するし、注意するに越したことはない。誰かに聞かれなかったかと冷や汗をかきながら周囲を確認する。しかし、冥府の王は夏月の事情を斟酌《しんしゃく》してくれる気はないようだ。美しい眉間《みけん》に皺《しわ》を寄せた。

「なぜ私が人間の王ごときに気を遣ってやらねばならぬのだ。琥珀国の王と言えば、天原国《てんげんこく》の王統を弑逆《しぎゃく》した簒奪《さんだつ》者だ。礼を尽くす謂《い》われなどな……っ」

大きな声ではなかったが、人に聞かれたら困ることを滑らかに話され、夏月は慌てた。考えるより先に、冥府の王の口を手で封じる。

「人間の世界で調べごとがあるというなら、もう少し、人間の世界での振る舞いを学びましょうか、師兄」

夏月としては自分の首を守るため、あるいは一族郎等の安全のために した行為だったのだが、違う意味で生命の危機が迫っていたらしい。

「……紅騎、代書屋は悪気があってやっているわけではない。剣に手をかけるではない」

はっとふりむいた夏月は、殺気をみなぎらせた紅騎を見る羽目になった。これがまさしく前門の虎後門の狼というやつだろうか。頭を抱えてしまう。

「今日はことさらにぎやかで、お嬢も楽しそうですね」

泰山府君と夏月をどのような関係だと思っているのか。接待だと言ったとおり、金払いのいい客を立てているのだろう。可不可はいつになく従者の立場に徹して、会話に口を挟まないようにしているようだった。

(泰山府君の言う帳尻《ちょうじり》の合わない死者——霊廟《れいびょう》に囚《とら》われていた魂はあの神の術で泰山へ還《かえ》ったのだろう。でも……初めにやってきた幽鬼は、なぜ霊廟に囚われずに『灰塵庵』にやってきたのだろう?)

「なぜ、あの幽鬼は後宮を抜けだして、いまになって『灰塵庵』を訪ねたのか……なぜ、『琵琶の襦裙を着た妃』はまだ生きているのか……」

なかば微睡《まどろ》みながら呟《つぶや》いていると、頭をばさりと羽毛扇ではたかれた。

「痛いです、泰山府君」

思わず、呼称を変えるのを忘れるくらいには寝ぼけていた。苦情を言う夏月に、冥府《めいふ》の王はにべもない。

「代書屋、疲れたなら早く帰って休んだほうがいい。ただし……今宵《こよい》は客が訪ねてこよう。代書屋の看板は出したままにしておけ」

泰山府君はそんな予言を残して、ふらりと帰ってしまったのだった。

〈二〉

夜半、夏月がうとうとしているところに、とんとんと戸を叩《たた》く音がした。

けたまわります』と書かれた看板は出したままになっているが、文字を読むのが難しいほど風に揺られていた。運京には、夜中、篝火《かがりび》が焚《た》かれ、衛士が交替で見回りに来るような大路もある一方で、『灰塵庵』がある山裾《やますそ》の通りは、夜になれば真っ暗だ。燈籠《とうろう》の火さえ風になびいて吹き消されそうな夜だ。いつものように、『万事、代書う

こんな風が強い夜には訳ありの客くらいしか訪ねてこなかった。

「夜分遅くにすみません。こちらで代書をお願いできると聞いて、おうかがいしました」

そう言って入ってきたのは、優雅な物腰の女だ。はっきりと明かりで照らさなくてもわかる。瓜実顔《うりざねがお》の美人だった。夏月ははっと目を覚まし、眠たい目をこすりながら火掻《ひか》き棒を操って、火鉢の炭を熾した。

「外は寒かったのではありませんか。清明節が近いとはいえ、運京はまだまだ寒い時季ですから……どうぞ、火に当たってください」

「え、ええ……ありがとうございます」

女が誘いに乗って手をかざしたのは、やはり夜道で体が冷えたからなのだろう。白魚のように美しい手を見て、夏月はやはり、と思う。労働者の手ではない。地味な上着を纏って町娘の格好に身をやつしているが、体にしみこんだ香の匂いは隠せないのだろう。ふわりと雅《みやび》な香りが漂ってきた。

「後宮からいらしたのですね？　普段は……琵琶の文様がついた襦裙を身に纏っておられませんか？」

夏月は単刀直入に切りだした。正直に言えば、夏月は泰山府君の言う夜の客はどちら
なのだろうと思っていた。
――幽鬼なのか、生きた客なのか。
――あるいは、手紙を届けられたばかりの媚州王殿下なのか。
幽鬼を殺した相手が誰であれ、代書を請け負った『灰塵庵』を訪ねてくる確率は高い
はずだった。そのために、夏月はわざわざ自分の屋号を手紙の末尾に記しておいたのだ。
しかし、生きた女の客がやってきたのは、夏月としては想定外の出来事だった。
（先に出した手紙はずいぶん前に幽鬼の故郷、楽鳴省護鼓村に着いていたはず……それ
とも、この客は媚州王殿下宛《あて》の手紙のせいで、『灰塵庵』を訪ねてきたのでしょうか？）
普段、手紙を受けとった相手がなにを思い、どんな反応をしたのか、夏月には知る術《すべ》
がない。だからだろうか。手紙が原因で訪れたこの客に対して、夏月は好奇心を覚えて
いた。
（知りたい……たとえどんな理由であろうと……）
――幽鬼の代書を受けとった人がどのような気持ちになったのかを訊《たず》ねたい。こうい
うところが、洪長官が言うところの厄介事を引きよせる性質なのだろう。そうわかって
いたが、知りたいという衝動に駆られ、誘導尋問するように話しかける。
「燭明宮の瑞側妃殿下でいらっしゃいますね？」
なぜ、とは思っていたが、確信はあった。手燭《てしょく》を掲げれば、美しい顔立ちがはっきり

つだった。

と見てとれる。間近で見れば疑う余地はない。女の顔は、以前、訪れた幽鬼の客と瓜二つだった。

「そうよ……私は、私こそが燭明宮の瑞側妃……姉さんではなく！」

客の女は突然、語気を荒らげたかと思うと、手荷物のなかから鋭い刃物をとりだし、夏月に向かって振りかざした。あらかじめ危険があると思っていたから、とっさに身をかわせたものの、鋭利な刃物なのだろう。夏月の黒髪が幾筋か切れて散る。

「あんたがいけないのよ、姉さんの手紙なんかで私を脅すなんて……やっと食べるのに困らない暮らしを手に入れたのよ。邪魔をするなら……あんたにも死んでもらう！」

激昂《げっこう》する様子からは、夏月を殺さなくては自分が殺される──そう思いこんでいるのがよくわかった。

（やはり、この人があの幽鬼を殺したのか……媚州王殿下ではなく）

ちぐはぐだった話を冷静に繋《つな》ぎあわせようと思考する一方で、夏月は劣勢に追いこまれていた。

（こんなときに可不可はどこにいるのだろう……？）

狭い部屋なのだから、いればすぐわかるはずだ。たまたま席を外していたのだろうか。

こういう間の悪さは、幽鬼が訪れるときによくあった。誰もいない、夏月がひとりのときにかぎって客が来るということが。

──まさか。そう思いながら刃物を避《よ》けたところで転んでしまった。対面机を飛びこえてきた女に、馬乗りに押さえつけられる。ただでさえ、夏月は力仕事は得意ではないし、相手は死にもの狂いで襲ってくるのだから、どうにも分が悪かった。

「ぐ、くっ……うぁ……」

しまったと思いながら、女の客――自称、瑞側妃に首を絞められたときだ。どこか遠くで甲高い哭《な》き声がした。

（――鬼嘯《い》だ）

意識が遠のきそうになりながらも夏月の心臓は予感に震えた。ちりん、と髪に挿した簪《かんざし》が涼やかな音を立てる。泰山府君のくれた簪は、意識が落ちそうなときでさえ、耳によく響く。まるで早く呼びだせと催促されているようだ。首を絞められて抵抗する力を失った夏月に対して、瑞側妃は刃物を持っていることを思いだしたのだろう。夏月につきたてようと、もう一度、刃物を振りかざした。その鋭利なきらめきを目にしたとたん、夏月は残っていた力をふりしぼって叫んだ。

「泰山府君！　お助けください！」

まともに声が出なかったが、心のなかでは叫んでいた。そもそも、簪に触れずに名前を呼んで、あの神が来るのかどうか確証はない。泰山府君の言葉を完全に信じきれない自分もいる。それでも、助けを求めずにいられなかった。

一瞬、『灰塵庵』のなかが静まりかえり、助けを呼ぶのが間に合わなかったという考えが頭をよぎる。

（わたしは死ぬのでしょうか……）

夏月のなかにあるのはあきらめと言うより、ただの事実だった。振りおろされる刃《やいば》が体に刺されば、血が飛び散るだろうというだけの。どこかに感情を置き去りにしたまま、時系列と事実の関連性をただ眺めている。死が近づくときはいつもそうだ。不思議なほど冷静な気持ちになって、意識を失う直前の自分をどこか客観視している。

まるで冥府で天命の蠟燭《ろうそく》を眺めていたときのようだ。一瞬が一刻にも一日にも感じられる奇妙な感覚。なのに、その引き延ばされた時間に強引に介入するように、唐突に扉を叩く音がした。

「ごめんください……代書をお願いしたくて、やってまいりました」

女の声がしたとたん、時間が急に元に戻った。まるで体から離れていた魂が急に呼び戻されて目の焦点が合ったかのように、意識がはっきりする。

「入るがいい」

夏月の代わりに勝手に答えたのは、傲慢《ごうまん》だが響きのいい声だ。次の客は音もなく、すっと扉を開けて、店のなかに入ってくる。夏月に振りおろされようとした刃物は、霜衣を纏《まと》った手に摑《つか》まれて、あと少しのところでとどめられていた。

「先生……私の手紙を出してくださってありがとうございます。ほかの代書屋に頼んだときには、この人返事をくれなくて……いますぐいつものところで待っていると、そう言ったのに！」

今度の客も、琵琶《びわ》が刺繍《ししゅう》された襦裙《じゅくん》を纏った幽鬼だった。夏月の前に泰山府君が立ち、幽鬼と生きている客の両方から守ってくれているらしい。神の白い衣に触れているからだろうか。次第に呼吸が楽になってくる。

「あとからいらしたほうのお客様は――そう、先日、子連れでいらした……瑞側妃ですね？」

夏月は幽鬼と先に来ていた客の顔を見比べながら言った。

「ええ……そうです。先生、私のこと、覚えていてくださったんですね。うれしい……」

幽鬼になったとは言え、生前の美しい面影は残っている。拭《ぬぐ》い去れない影のある顔が微笑むと、つい寄り添ってやりたくなる、儚《はかな》げな美女だった。

幽鬼の名前は瑞側妃。生きているほうの客も瑞側妃。こうして一度にふたりの顔を見れば、一目瞭然《いちもくりょうぜん》だった。

「おふたりは双子の姉妹でいらっしゃるのですね？」

泰山府君の背中に守られているという安心感に力を得て、夏月は訊《たず》ねてみた。女の顔を見ているうちに、過去の記憶がよみがえる。

（思いだした……以前、後宮で代書屋を開いたときに依頼されたことがあるのは、幽鬼になったお客のほうだ……）

まだ駆け出しの代書屋にすぎない夏月のことを『先生』と呼んで、恋文の代書をしたときにとてもよろこんでくれた。話しぶりやちょっとした表情がやさしげで、感じのいい妃《きさき》だという印象が残っていた。一方で、今日、夏月を殺そうとした妃のほうは初対面だ。ちょっとした声音や仕種《しぐさ》から、こちらの妃は悋気《りんき》が強そうだとわかる。

おそらく、媚州王の誘いに絆《ほだ》されてしまったのは、幽鬼になった瑞側妃のほうなのだ。夏月の問いかけに、幽鬼はとまどっているようだった。それは、長年、秘密にしてきたことを口にするとまどいのようでもあり、死んでしまったがゆえに強い執念以外は忘れてしまって、問いかけの意味がわからないようでもあった。

羽毛扇を広げた泰山府君が、冥界《めいかい》の裁判をするときのように声を発した。

「燭明宮の瑞側妃――またの名を楽鳴省護鼓村の莫容寿《ばくようじゅ》……享年二十四。そこにいるもうひとりの瑞側妃はおまえの妹の莫容雲《ようらん》だな。おまえの境遇と死に至った経緯を、いまここで話すがいい」

響きのいい声が狭い店のなかを圧倒すると、一瞬、夏月はここが冥界の法廷で、頭上には極光が瞬いているかのような錯覚に陥った。あるいはそれが神の術だったのかもしれない。死後裁判を行う泰山府君の声は、相手の記憶を引きだし、おのれのことを話したくなるような力がこめられているのだろう。

幽鬼は、神に対して一礼すると、「では、お話しします」と自分の身の上を語りはじめたのだった。

――泰山府君のおっしゃるとおり、私の名前は莫容寿……楽鳴省護鼓村に戸籍を持つ、貧しい女でした。物心ついたときから親はおらず、私と双子の妹の莫容雲は、女衒《ぜげん》の女将《おかみ》に琴の演奏を仕込まれ、双子の演奏家として見世物で稼ぎながら、どうにか食べていました。

ところが、ある日、後宮に入る娘を探しているという大府が私に目を留めたのです。その楽器の演奏ができる娘を陛下の後宮に差しだして機嫌をとろうというのでした。その大府の思惑はさておき、私はよろこんだのでございます。なにせ、下級の妃であっても、後宮に入れば食うに困りません。それに女衒から逃げられますし、後宮の暮らしはさぞ華やかだろうという憧《あこが》れもありました。

でも、後宮に入れるのはひとりだけ。妹を残して自分だけが華やかな暮らしをするのかと思うと、それだけは気が引けてしまい……そこで、一計を案じたのでございます。

一月ごとに私と容雲で入れ替わることにしました。

双子だから顔貌《かおかたち》も声もそっくりですし、琴の腕前もほぼ同じ。ふたりが入れ替わっても誰も気がつきません。妃の出入りは確認が厳しいですから、女官をよそおって運京で入れ替われるように、お互いに連絡方法を決めました。護鼓村出身の女官や宦官《かんがん》は後宮のあちこちにいましたし、同じ女衒に育てられた仲間が運京の妓楼《ぎろう》で働いてました。だから、ちょっとしたお願いなら聞いてもらえたのです。

――『いつものところで待っているから』

ひとりが手紙を護鼓村に宛てて書けば、もうひとりが月初めの日に友だちがいる妓楼に行く。そういう約束です。なんの問題もありませんでした。後宮では楽器の演奏をするお役目もありましたが、女衙に殴られることもなく、食事は毎日きちんと食べられます。陛下のお渡りもありませんでしたから、ゆっくりと休むこともできました。愚かにも、そのまま入れ替わりをつづけていけると、私たちは信じていたのです。

——私が王子殿下のひとりから、声をかけられるまでは。

妃たちが暮らす宮は、本来、王子たちがいる区画からは築地塀《ついじ》で隔てられています。しかし、それは表向きだけで、女官や官婢《かんぴ》が使う裏側の通路を使えば、簡単に行き来ができるのです。最初は、ちょっとした、やさしい声をかけていただくだけでした。

——『また明日《あした》、鬼灯《ほおずき》の茂みのところで』

別れ際、殿下はいつもそう言って、次の約束をしてくださるのです。そうやって何度かお会いするうちに一線を越えてしまうのは時間の問題でした。私は殿下の子を宿してしまったのです。いくらお渡りがないとはいえ、後宮の妃はみな陛下の妻ですから、妊娠は困ります。考えあぐねて殿下にお話しすると、私が後宮を出られるようにかけあってくださるとおっしゃったのです。

いい機会だと思いました。実を言えば、殿下に惹《ひ》かれるにつれ、私は妹と離れたいと思うようになっていたのです。

——だって、そうでしょう？

いくら双子とは言え、子どもを授かったのは私。殿下の寵愛《ちょうあい》を受けたのも私。殿下の御殿に行けば、さすがに身重の身で入れ替わりはできません。でも、妹は後宮に残り、私だけが後宮を出るのなら、なんの問題もありません。私たちが双子で入れ替わっていたことを殿下に伝えれば、お互い別々の暮らしを得て、それぞれの場所でしあわせに暮らせるはず――そんなあさはかな夢を抱いてしまったのです。

ところが、私の様子がおかしいと妹は疑っていたのでしょう。ある日、入れ替わりの手紙を出したのに、返事が来なかったのです。そしていつもの約束の日――月の初めが過ぎてしばらくのち、妹は女官姿で後宮に現れたのです。その当時、後宮は病に倒れる者が多く、大変混乱していたので、その隙を縫って入ってこられたのでしょう。

妹は、私と殿下のことなど認めないと言って、いきなり私の頭を殴りました。気がつけば私は暗くて冷たい場所にいました。お腹に子どもがいるのに、身に纏《まと》っているのは単衣《ひとえ》だけ。水しかない場所で私はもがき苦しみ……死にました。

どうして私がこんな目に遭うのだろう。どうして私の子は生まれてくる前に死ななくてはならなかったのだろう。妹が恨めしくて殿下にお会いしたくて、なのに、私はどこにも行けなくて……。

――早く迎えに来て。早く入れ替わりに来て。

その一心で這《は》いずり回っているうちに、ふと、朱色の仄明《ほの》かりが見えたのです。

それが、あの夜、灰塵庵の看板に挿された鬼灯でした……――

幽鬼は妹の手首を強く握りしめているのだろう。生者の瑞側妃は逃げだそうともがいては幽鬼に引き戻されていた。

「先生のおかげで、こうして妹にまた会えました。本当にありがとうございます」

幽鬼は深々と頭を下げた。彼女の話からすると、楽鳴省護鼓村に届けた手紙は、いつ、いものの手紙だと思われて、巡り巡って後宮の妹に届いたようだ。

自分が殺したはずの姉から手紙を受けとった莫容雲は、どんなに驚いたことだろう。いまも顔を醜く歪《ゆが》めて夏月を睨《にら》んでいる。そんな彼女に、どんな言葉をかけたらいいのか、夏月はわからなかった。

「姉さんがいけないのよ！　私を捨ててひとりだけしあわせになろうだなんて思うから、その着物を剥《は》いで井戸から捨ててやったの……でも、姉さんが好きだった琵琶柄の襦裙を着るのは嫌で……捨てるのも癪《しゃく》だから街で売り払ったはずなのに、なんでまだ姉さんは綺麗《きれい》なままなの？」

妹妃の甲高い声は、いまにも壊れそうな自暴自棄のあやうさがあった。殺してすぐに売り払っては、怪しまれると思ったのだろう。混乱が収まったころに市井に襦裙を流した――おそらく、それがきっかけだったのだ。

死者の想念は、生前愛用していた物に宿るという。姉――莫容寿の意識は琵琶柄の襦《じゅ》裙《くん》に宿り、その襦裙が後宮の外へ出たことで、幽鬼も城の外へ彷徨《さまよ》いでた。

「子どものころからそうだった。妃として声をかけられるのも王子殿下に誘われるのも、いつもいつも姉さんばかり。私だって同じ顔のはずなのに……どうしてよ！」

姉妹の間にどんな感情のすれ違いがあったのかはわからない。妹にも華やかな暮らしをさせてやりたいと思った姉。姉だけが後宮に誘われ、姉だけが王子に声をかけられたと思いこんでいる妹。

（ふたりのうち、どちらにより罪があるのでしょうか……）

夏月には判断しようがない。媚州王が本当に姉を後宮から出すつもりがあったのかどうかすら、わからない。姉の瑞側妃は妹に殺されたのかもしれないが、もっとたくさんの白骨死体が霊廟《れいびょう》にうち捨てられていたからだ。

たとえ真相を暴いたところで、夏月には王子を罰する力なんてない。

（それでも、これから起きる悲劇を減らすことはできるかもしれない。霊廟のなかに小さな頭蓋骨《ずがいこつ》をこれ以上増やしたくない……）

意をけっした夏月は、幽鬼に問いかけた。

「瑞側妃……媚州王殿下と懇意になったという証拠はなにかありませんか？　たとえば、そう……いつも待ち合わせをしていた場所があるとおっしゃいましたね？」

後宮は、見えないところに人の目がある。王子の所業とあっては、口を噤《つぐ》んでいても、探せば目撃していた者がいるかもしれない。

（あるいは……ほかにも声をかけられていた者が……）

――『女官というのは後宮では立場が弱いですから、さりげなく助けていただいたことがありまして……』

夏月は元婚約者と恋仲になったという娘を思い浮かべ、彼女の台詞《せりふ》を思いだしていた。情に弱そうな娘を狙うのが、媚州王の手口だったのかもしれない。夏月が訊《たず》ねた意図が伝わったのかどうか。幽鬼は生きた客を捕まえたまま、目だけをぎょろりと夏月のほうへ向けた。

「後宮には……妃《きさき》や上級使用人が歩かない裏手の通路があります。そこに、一ヵ所だけ鬼灯が植えられているのです……女官なら誰でも知っている場所で……殿下の宮の近くでした」

使用人が使う通路にだけ植えられた鬼灯。その意味を考えて、夏月はまたやりきれなくなった。色鮮やかな朱色の実が美しい鬼灯は、堕胎をうながす薬としても知られている。いつも自分が看板とともに掲げる鬼灯が、そんな悲しい役割を担わされていたことを知って胸が痛んだ。好きな人との逢瀬《おうせ》の目印の鬼灯にそんな悲しい意味があると、この幽鬼は知っていたのだろうか。それとも知っていてなお、鬼灯の実がなるなかで逢瀬を重ねていたのだろうか。

「殿下との手紙は……その鬼灯の茂みの陰に……埋めてあります……」

一度は愛した人を恨んでいるのだろうか。かすれた声には、憎しみとも深い愛情ともつかない苦悩が滲《にじ》んでいた。あるいは幽鬼となったこの妃が、より強い想いを残していたのは妹のほうだったのかもしれない。

だから彼女は、この夜、妹がいる『灰塵庵』に現れたのだ。

「ありがとうございました、瑞側妃。媚州王殿下にも手紙が届いているはずです。あとのことはこちらにお任せください」

夏月が頭を下げると、それで幽鬼は満足したようだ。今度は襲ってこなかった。血相を変えたのは妹のほうだ。

「逢瀬の証拠なんて掘りおこすのはやめなさい、姉さんはもう死んだの……もう、あの男とは関わりたくな……ひぃっ、やめて殺さないで！　姉さん、ごめんなさい……いやあぁぁぁああっ……！」

夏月に警告するより先に、死にもの狂いで逃げたほうがよかったのだろう。結局はそれが彼女の命とりになった。幽鬼に引きずられてずるずると外に連れていかれると、闇をつんざくような悲鳴がだんだんと遠のいていく。その音がもう聞こえなくなったとたん、夏月のなかで緊張の糸がぷつりと切れた。ずるり、と泰山府君の服にしがみつくようにしてくずおれる。

「なんだ、代書屋。そんなくたびれた様子で……幽鬼の手紙を出してやりたいと言ったおまえの願いは叶《かな》ったであろう。もっとよろこぶがいい」

神の意見はいつでも正しい。ある側面においては、という注釈付きだが。

「確かにあの幽鬼は……会いたい人に会えたのでしょうし、手紙は無事、宛先《あてさき》に届いたのでしょう。媚州王殿下が手紙をどう思ったかは……言われたとおり、考えないことにします。ありがとうございました」

「うむ……大儀ないことだ」

「瑞側妃は幽鬼に殺されてしまったのでしょうか？」

声が聞こえなくなった理由を察して、夏月はぶるりと震える。

「さぁ、どうであろう……おまえがあの幽鬼に襲われたときは殺されなかったな？　あの幽鬼は生者を殺すほどの力はないのかもしれん。あるいは、生きていたときのやさしい性格が残っていれば、殺しまではしないのかもしれん……どちらがあの女にとっていいことかはわからぬが」

「いま死んだほうがましだと？」

「そういうこともあろう」

泰山府君の言葉はそっけないが、嘘を言っているふうではない。それなら、夏月はあの幽鬼は殺さないだろうと思った。やさしい幽鬼というのも奇妙な物言いだが、実際そうなのかもしれない。そして後宮とは、やさしいだけでは生きていけない場所なのだろう。彼女はやさしいがゆえに殺されてしまったのだ。

「代書屋、前にも言ったが、おまえは死者に肩入れしすぎる。生きている者は死者を忘れ、死者の分まで精一杯生きていく……それが生者としての務めであろう」

『死者に肩入れしすぎる』とは、先刻もされていた警告だった。確かにそうかもしれない。だとしたら、死にそうな目に遭ったのは夏月の自業自得なのだ。

――でも……と心の奥底で拗《す》ねた子どもが抗《あらが》うような声がする。

泰山府君が本当はなにを考えているのか、夏月にはわからない。神様や仙人といった存在を夏月は信じているようで、本当は欠片《かけら》も信じていなかった。

泰山府君は幽鬼ではない。触れればあたたかいし、会話もできる。一緒に鍋《なべ》をつつきもした。話をしていると、幽鬼とは違い、生きている人間と話しているような錯覚に陥る。それでいて、冥府《めいふ》の王の言葉を人間の尺度で考えてはいけないと、頭の片隅で冷静に警告している自分がいた。

「でも、泰山府君……夜に看板を出しておくようにおっしゃいましたよね？　そして看板を出していたから客がやってきて、わたしは殺されかけた……もしかして、わたしに死相が出ているのは泰山府君の助言に従ったからではないでしょうか？」

足下で蠢《うごめ》く蟻ごときを踏みつぶそうが、道を塞《ふさ》いで思いどおりの方向へ向かわせようが、それで神の心が痛むわけではない。冥府の王が親切で助けてくれたなどと考えるのは、あさはかだ。いくら助かったとはいえ、一日に二回も殺されかけるなんて、死相が出ているにも、ほどがあるだろう。いや、正確に言えば、一回は死んで、黄泉《よみ》がえったのかもしれない。そのときのことを夏月はおぼろげに覚えていた。

唇にそっと指先を当ててみれば、冷たい感触がいまも脳裡をかすめるようだ。天命の蠟燭《ろうそく》にともった炎は一度は強い風に揺らぎ、消えたと思った瞬間に、いきおいをとりもどしていた。死んだと思った瞬間の、生を手放した感覚は、いまだ夏月のなかに生々しく残っている。だからこそ、気づいてしまった。

（わたしはまだ死にたくない……このまま無為に死ねない……）

冥府の法廷で必死に訴えたときのように、夏月は抗っていた。矮小《わいしょう》な蟻の身で神の企《たくら》みを暴くなどおこがましいと、怒鳴りつけられるのを覚悟で言ったつもりだったのに、仕組んだ張本人は隠すつもりなど毛頭なかったらしい。

泰山府君は整った唇を弧の形にして微笑んでいた。余裕綽々《よゆうしゃくしゃく》の笑みが凄絶《せいぜつ》なまでに美しく、夏月としてはそれ以上、言葉が出てこない。貴人は自分の罪をそしられるときでさえ、うろたえることはなく傲慢《ごうまん》な笑みを浮かべるのだ。

「だとしたら、なんとするのだ？　私はおまえに、ああしろこうしろと命じたわけではない。あくまで選択肢を示してやっただけで、選んだのは、代書屋……おまえ自身であろう」

ぐ、と言葉に詰まるのは、泰山府君の言うとおりだからだ。泰山府君の言葉に従って城で働くことを決め、霊廟で死にかけたあとだから、夏月はうすうす気づいていた。今宵《こよい》、また危険な目に遭うかもしれないと思いながらも、店を開けたのだ。

「そもそも、おまえが私の手伝いをするのは黄泉がえるための条件だったはずだ」

泰山府君の響きのいい声は厳然としていて、裁判官特有の、人情に流されない壁のようなものがあった。そこから先の、誰も踏みこめない『なにか』は、夏月ごとき矮小な蟻の身には計り知れない神々の創った理《ことわり》であり、人間が知るべきことではないのだろう。

それでいて、夏月の感情は泰山府君の言葉に乱されていた。

（わたしが泰山府君の言葉を疑っているのは伝わっているはずなのに……）

神の心は揺らがない。蟻ごときの言葉では。

夏月は唇を固く引き結んで、髪に触れた。ちりん、と簪《かんざし》が涼やかな音を立てる。

「ではこれで、取引は終わりでしょう。助けていただき、ありがとうございました」

夏月は髪から簪を引き抜いて、泰山府君に向かって差しだした。結局はすべて自分で決めるしかないなら、神の奇跡など期待するだけ無駄だ。

八つ当たりめいた行動だとわかっていたが、自分を止められなかった。死者に肩入れしすぎるから死相が出るのなら、この感情と決別しなければ、夏月は生きたまま、冥府に足を突っこんでいるも同然なのだろう。それならまず、泰山府君との関わりを断つしかなかった。

「泰山府君、二度までも助けていただき、ありがとうございました」

白い衣を纏《まと》う神に敬意を表して、拱手拝礼《きょうしゅ》する。

簪をつきかえされるのは冥府の王としては心外だったのだろう。整った相貌《そうぼう》に不機嫌さが表れていた。こういうところが人間くさい神だ。傲慢で、人間を超越しているくせに、感情だけは我《わ》が儘《まま》な貴人の子どものようだ。

「神からの贈り物を自分から返すなど……なんて不敬な娘だ」

整った顔には感情が透けて見えるのに、ときには生きている人間と神は違うのだと線を引かれる。まるで、冥府の法廷に見えていた極光のように儚《はかな》く綺麗《きれい》で、とらえどころがない。美しくも傲慢な神は、不機嫌になったかと思うと、すぐにその表情を変える。

夏月が差しだした簪をとりあげた泰山府君は、夏月の頭のお団子にまた乱雑に挿しなおした。銀の簪がちりん、と抗うような音を立てる。

「藍夏月――喚《わめ》きたてる定命の人間よ。おまえは誤解しているが……本来、人間の生と死は常に表裏一体なのだ。おまえのように、死に近しいところにいる人間はより死に引きよせられやすい。だから、その簪は挿しておけ」

いままでずっと代書屋と呼んでいたくせに、冥府の神から名前を呼ばれると、どうも調子が狂う。酒楼で名前を呼ばれたときにも思ったが、その声音には夏月が想像していたよりずっと親しみがこめられていて、神からきちんと人間扱いされたようで――なぜだか夏月の目頭はじわりと熱くなった。

頭の上にぽん、と手を載せられたのは、夏月を労《ねぎら》うためなのだろうか。

「冥界の死者など、いくらでも待たせておけばいいが……また、おまえの手伝いを必要とするときがあるかもしれぬ。黄泉がえりの対価がこれしきの手伝いですむと思うな」

やさしげな言葉をかけられて驚いていると、泰山府君が急に白い袖《そで》を広げて、夏月を抱きしめた。一瞬、意味がわからずにされるがままになってしまったが、労われているのではなかった。慰められていたのだ。夏月がぽろぽろと涙を流していたから。

初めて会ったときから、この冥府の神の行動はよくわからない。それでいて、ときには夏月のほうが甘やかされているのではないかと思わされてしまう。

「代書屋、このたびの手伝いはよい働きだった」

泰山府君はそう言って夏月を解放し、するりと部屋を出ていってしまった。店の外ではなく、裏手のほうの扉だ。

裏手の山裾《やますそ》は泰廟《たいびょう》がある小山と地続きになっているし、結界さえなければ、自由自在に陽界と冥界を行き来できるのだろう。そこは出口ではありませんよ、などと追いかけはしなかった。代わりに、

「死ぬのは困りますが、生きていてもお手伝いできることなら、また冥府でも現実でも代書係を務めさせていただきますよ……泰山府君」

手に手を重ねて、深く一礼した。

店仕舞いをすませた夏月が外廊下に出たとき、暗闇に沈む山裾に、白い長衣を纏《まと》った貴人の姿は当然のようになかった。

〈三〉

夏月が幽鬼と対峙《たいじ》していたその夜、洪緑水《りょくすい》は眉子《びし》を連れて、国王に謁見をしていた。

深夜に、それも緊急のお目通りがかなったのは、そもそも天原国の祭祀《さいし》が国王からの

勅命だったからだ。

その祭祀に関わる話を内密にしたい、と連絡すれば、国王の寝所である金紗宮《きんさきゅう》で謁見できるだろうと踏んで、洪緑水は急ぎの使いを出していたのだった。

「それで、祭祀の内容はわかったのか？　緊急の話とはどういうことだ……まさか、すぐに用意できない供物が必要なのではあるまいな？」

国王は寝衣に着替えていたものの、その威厳は失われていなかった。髭《ひげ》を蓄えた容貌《ようぼう》は、五十を過ぎてもなお壮年の男らしさを残して、年より若く見える。時間が遅いせいだろう。腹心の宦官《かんがん》はおらず、いかにも頼りなさそうな顔をした当直が形ばかりの御用聞きに残っていた。その宦官を人払いしてもらうと、洪緑水は背後に控えていた眉子に合図して、天原国の巻物の写しを国王に差しだす。

「祭祀の準備のほうはぬかりありません。まだ、すべての祭詞の解読は終わっていませんが、清明節までには必ず準備いたします。しかし、実は、霊廟の発掘をしているうちに媚州王殿下の問題に行きあたりまして……」

「なんだ？」

「後宮の妃《きさき》に手を出した疑いがかかっています」

洪緑水は声を一段低く落として、しかしはっきりと告げた。

王族に罪の疑惑をかけるのだ。なんの証拠もなくあげつらねれば、進言した者の首が飛びかねない。しかし、後宮の問題は、もともと後宮のなかだけで処理されることが多い。誰しも、私的な揉《も》めごとを表沙汰《おもてざた》にしたくない。しかも、災害があって市井がざわついているときだ。王族が関わる醜聞とあっては、大事件でもないかぎり、うちうちのこととしてすませたいのが国王の本音だろう。だからこそ、洪緑水は臣下たちが連なる朝議の場ではなく、国王の寝所での謁見を申し出たのだ。

過去には、一度気に入った女は自分の王子の妻だろうととりあげ、妃に娶《めと》る国王も存在した。しかし、いまの国王は、そこまでの暴君ではない。王子が妃に手をつけたと報告したところで、よほどお気に入りの妃でもないかぎり、なにかの理由をつけてその王子に下賜して終わり——という結末もありえたはずだ。しかし、手をつけたのはひとりやふたりではない。しかも、殺人まで犯している。その事実が重たく、また、国王が初子の媚州王をかわいがっていることを知っているだけに、洪緑水はどう訴えたものか、頭を痛めていた。

「昨年の夏、市井では酷暑と干ばつによる死者が多数見受けられ、後宮でも多数の女官や妃が亡くなったこと、陛下が心を痛めて、天原国の祭祀をなさると決断したこと、よく存じあげております」

「ああ……」

「しかし、後宮においては、そのうちのかなりの人数が、酷暑による熱の病に倒れたのではなく、実は殺された可能性が出てきました……後宮の厄災のいくらかは、天災ではなく、人災だったのです」

国王の憂いの原因をあえて口にして、国王の気を引く。

「おまえは……それが第一王子のせいだと？」

こんなときなのに、国王の声音には親しい相手にだけ見せる独特の気安さが滲《にじ》む。

洪緑水の言葉を信頼しているからこそ、彼が冗談を言っているのだろうとでも言いたげに、声を立てて笑った。小上がりの布団の上にくつろいで座す国王に対して、正装のままの洪緑水は長い袖を整え、手と手を重ねて頭を下げる。

「今回、媚州王殿下は特に天原国の祭祀をしたい旨、強く希望したとうかがいました。後宮は祖霊廟の奥深くを調査したおり、たくさんの女子どもの白骨死体が見つかり、誰かに殺された疑いがあること、また、女官の名簿と後宮の地図をつきあわせたところ、媚州王殿下の宮に近い井戸を使っている女官たちに、多数の死者が出ていた事実があきらかになりました」

その事実をしたためた奏上書を、洪緑水は眉子に合図して、国王に提出させる。

洪長官は夏月が訴えた内容を急いで検証した上で書面にしたため、謁見の場に携えてやってきたのだった。

「これは、昨年のように人死にが多く、後宮が混乱したときに紛れて、死体を井戸に放りこみ、証拠を隠滅した結果、さらなる死者が増えたためではないかと思われます」

夏月から聞いた死者の数は、少なく見積もって二十一人という話で、いくら国王が第一王子を寵愛《ちょうあい》しているとはいえ、簡単に見過ごせる数字ではないはずだ。その上、もし媚州王が犯人だった場合、霊廟《れいびょう》の調査に入った夏月は、なにか真相を摑《つか》んだのではないかと、その挙動を監視される可能性が高い。

そうなれば、天原国の古文経を解読するどころの話ではない。

洪緑水自身の目的のためにも、疑いのままでも先に媚州王の動きを封じ、夏月の安全を確保する必要があった。

「霊廟の調査に当たっている部下が霊廟の奥で大量の頭蓋骨《ずがいこつ》を見ています。その事実を知られれば、調査した者が媚州王殿下に狙われる危険があります。ひとまず、清明節が終わるまででかまいません。媚州王殿下の行動を監視していただけないでしょうか」

「おまえの部下に手を出すほど、第一王子も愚かではあるまい」

「いえ、そうでもありません。秘書庫に詰める女官がいつかないのは、王子に言いよられるのを嫌がるからだという噂もあります。こちらの証拠はのちほど提出させていただきますが……」

言葉巧みに媚州王をかばおうとする国王に対して、洪緑水が頑として譲るつもりはないと気づいたのだろう。国王は脇息《きょうそく》によりかかり、しょうがないな、と言わんばかりに深いため息を吐いた。

「……おまえは母親そっくりだな。頑固で、この国の律令より、自分の信念で物事を進めようとする」

「お言葉ですが、この国では殺人は罪です。貴人だから罪を免れるというなら、この国の律令が揺らぎます」

ただの、行政府の長官が言うにしては出すぎた言葉だったが、国王はそれを諫《いさ》めるつもりがないのだろう。公の場に証拠を持ちだすのではなく、祭祀のお役目に見せかけて、うちうちに話を持ってきたことを評価してくれているらしい。わかったと首肯して、話はこれで終わりだとばかりに手をふる。

「しかし、困った。上のほうの王子にはもうみな、清明節の別の仕事を授けてしまったのだよ。よって天原国の祭祀はおまえがやりなさい……第五王子」

国王の言葉を受けて、洪緑水がまた一礼する。

「そのお役目、ありがたく拝命いたします」

洪緑水の背後で眉子は影のように、主《あるじ》に合わせて頭を下げていたのだった。


〈四〉


清明節の祭祀はつつがなく執りおこなわれた。毎年行われている城市での行事や琥珀国祖霊廟での祭祀はともかく、十二年に一度しかないという裏の祭祀——天原国の祖霊を慰める祭祀に関しては、噂好きの後宮でさえ誰も知らない最高機密だ。

王子たちの間で、どんな駆け引きがあり、国王がどんな決断を下したのか、一介の女官にすぎない夏月は知る由もない。

しかし、天原国の古文経を見つけ、解読に尽力したからだろう。第一王子――媢州王は後宮を出され、祭祀に関わらなかったことだけは伝えられた。

時間がないなかで、古文経の解読と祭祀の準備に追われながら、幽鬼から聞いた媢州王と瑞側妃の密通の証拠を見つけ、報告用の書面にしたためたのは無駄にならなかったようだ。しかも、酒楼で会ったときは『おまえの命令など誰が聞くものか！』などと言っていたくせに、朱銅印は洪長官に証言してくれたらしい。おかげで複数の女官から証言をとりつけることができた。

すべてが終わってのちしばらくして、媢州王は冊封された領地で病死したという噂が流れてきたのだった――。

「急死ですって……あんなにお元気でいらしたのに……」

「でも、去年の夏のようなこともあるからなぁ……」

街の人たちは第一王子の死に驚いていたが、天災が起きたばかりだからだろう。そういうこともあるのだと、突然の死を受け入れていた。しかし、その本当の意味を夏月だけはわかっている。

――彼はひそかに刑罰を下されたのだ。

本来なら、彼の所業を公にし、律令の裁きを受けるのが筋だが、王族相手にそこまで望むのは贅沢《ぜいたく》というものだろう。でも、冥府《めいふ》に落ちたときにはきっと、あの傲慢《ごうまん》な神が極悪な地獄行きを命じるはずだと思うと、少しだけ溜飲《りゅういん》が下がる。

(地獄の底に落ちる前に、姉の瑞側妃は媚州王に恨み言を言いに行くだろうか……)

——あのやさしい幽鬼は、大量殺人を犯した想い人を許すのだろうか。

そんなことを思う。夏月には彼女の気持ちはわからない。しかし、幽鬼となってまで想われている媚州王や妹の瑞側妃が、いまでも少しだけ羨《うらや》ましかった。

妹の瑞側妃の消息もわかった。彼女はあの夜、やはり殺されなかったようだ。しかし、一夜にして魂が抜けたように面変わりしており、後宮に戻ってからは、自分と媚州王の罪状を白状したのだとか。これはあとから洪長官に聞かされた。

運命の来し方行く末を知る神が、『どちらがあの女にとっていいことかはわからぬ』と言っていたとおりだ。彼女は、姉を殺した罪以前に、双子で入れ替わり、後宮を謀《たばか》っていた罪に問われ、刑死した。しかし、服毒による自死を、表向きは病死とされた媚州王に対して、巻きこまれた瑞側妃の罪が重すぎると思ったらしい。国王は双子の側妃の墓を作ることを許してくれた。

これは、死後供養を重んじる琥珀国でも、罪人相手に破格の温情だった。

清明節が終わったのち、夏月は祖霊廟から見つけだしたたくさんの白骨死体を馬車で運び、双子の側妃とともに、城市の外に弔ってやったのだった。

長い線香を立てて、お供えの果物などを皿に並べ、紙銭を焚《た》く。藍家に頼んで手伝いの人手をよこしてもらったものの、ならしていない荒れ地に穴を掘り、墓を作るのは大変な作業で、一日仕事になった。線香の煙が風に舞うなかで、手を合わせる。

「これで、夏月嬢の希望は叶《かな》ったか？」

洪緑水の声に夏月は小さく首肯した。

「はい……いろいろとありがとうございました……」

彼にしてみれば、自分の目的のために夏月に声をかけただけで、幽鬼とは無関係だ。夏月がどうやって媚州王と瑞側妃の密通の証拠を見つけたのかと訊《き》かれないのはよかったが、疑問には思っているはずだ。

（幽鬼から聞きましたなんて、さすがに言えるわけではないし……）

言ったところで信じてもらえるとも思えない。町の人たちでさえ、そうだろう。夏月のことを幽鬼を呼びよせる不吉な娘と後ろ指をさしながらも、本当に幽鬼が存在すると思っている人がどれだけいるのか。

結局、天災によるたくさんの死のなかに媚州王が犯したたくさんの殺人があり、その無数の死に紛れて、妹の瑞側妃が犯した殺人があった――そういう事件だったのだろう。

夏月としては、そう結論づけた。

もっとも、洪緑水に関して疑問に思っているのは夏月も同じだ。一介の閑職の府長官が、どうやって媚州王の刑罰を進言できたのか。不思議に思いつつ、自分の腹を探られたくないからこそ訊くことができないでいる。穏やかな笑みを浮かべた洪緑水は、その整った面の下にどんな顔を隠しているのか。正直、知らないほうがいい気がして、夏月は沈黙していた。

かせているのが見えた。普段、夏月は城壁に囲まれた城市から出ることは滅多にない。運京という古鎮を、こうして山野から眺めるのは久しぶりのことだった。

　祭祀《さいし》を終えたからなのか、死者が出なくなったからなのか、運京に流れていた悪い噂は、めっきりと聞かなくなった。それでもまた、いつもと違うことが起きれば、雑草がいつのまにか蔓延《はびこ》るように、城市の目立たない場所で天原国の名が囁《ささや》かれるのだろう。

「天原国の呪いとは……なんなのでしょう」

　夏月は墓に鬼灯《ほおずき》を手向けて、小さく呟《つぶや》いた。誰も呪いなんて信じていないのに、ことあるごとによみがえる。その人の心こそ、まるで呪いのようだと思う。

「さてな……運京という城市が天原国を忘れることはないのだろう。なにせ琥珀国が支配しているよりも、天原国が支配した時間のほうがずっと長い。それこそ呪いのように、この町の辻《つじ》に、泥に、人々の住処《すみか》のあちこちに、天原国の痕跡《こんせき》が残っているのだから」

　洪緑水の言葉には辛抱強い説得力があった。

「その痕跡を消すのではなく、生かそうと思えたときこそ、琥珀国が天原国の呪いを克服するときなのだろう」

「生かそうと思える……」

「ひとまず私は天原国の知識をできるかぎり復活させたいと思っている」

　上司の言葉が眩《まぶ》しいのは、それが生きた人間らしい言葉だからなのだろうか。ふとした瞬間に、冥府の神の言葉を思いだして、胸の奥がざわりと波立つ。

――『死にたくないと言うわりに、やはり現世では世捨て人のように生きているだけではないか』

認めたくないが、結局はあの神の言うとおりだったのだろう。書に没頭するふりをして、幽鬼を待つだけの日々は、やはり世捨て人のように生きていたにすぎない。父親やその後妻に命じられるままに結婚したくないと言いながら、ただ抗うだけの、目的のない生活こそが死相を引きよせた。死にそうな目に遭い、生きたいと必死に足掻《あが》いたことで、秘書庫を見たいと願い、まだ書をなしたいと欲したからこそ、夏月はようやくそのことに気づいた。

（もしかすると、だからあの神は……）

神の企てに夏月を巻きこんだように見せかけながら、幽鬼を待つことだけが――世捨て人のような生活が、夏月の本当の望みなのかと問いかけていたのかもしれない。

そんなふうにも思ってしまう。

「でも、まさか……でしょうね」

神というのは傲慢で、有象無象の人間など人間にとっての蟻と同じ。傲慢でいて人間を黄泉《よみ》がえらせるほどの力を持ちながら、なぜか仕事を溜《た》めこんでいる。後宮は開かずの匣《はこ》ではないと言いながら、本人はこっそりと行き来できない。あの我《わ》が儘《まま》な神はいまごろまた、冥府の常闇のなかで不機嫌そうに死者の喚《わめ》きたてる声を聞いているのだろう。

実際、夏月自身、いまだに夢を見ていたのではないかと思うことがある。

(まさか幽鬼だけでなく、偉い神様が生きた人間のごとく、その辺をうろついているなんて……)

やはり夢だった気がするし、抱きしめられて泣いたことなどは一刻も早く忘れたい。

しかし泰山府君からいただいた簪《かんざし》はいまも髪に挿したまま、夢の名残のように夏月のもとに残っていた。この簪を挿しているうちは、またあの神の手伝いに呼ばれるのかもしれないと思ったが、その後、音沙汰《おとさた》はない。夏月も泰山府君の名を呼んでいない。

(それでいい。すべてはわたしが決めることなのだから……)

神との縁がないのは、夏月に死相がなくなったということだ。

きっとそれはいい兆しなのだろう。後妻はまた夏月に縁談を持ってくるかもしれないが、父親のほうは夏月が一度死んだことがよほど精神的にこたえたらしい。まだ好きにしていいと言ってくれている。

(秘書庫の書を解読したいし、もっと天原国の書物があるかどうか捜索したい……でも、まずはひとりで生きていくために、もっと稼げるようにならないと……)

胸に手を当てた夏月が決意を新たにしていると、応えるように、りん、と簪が澄んだ音を立てた。

「お嬢、そろそろ城市に戻りましょう。城門から閉めだされたら大変ですよ」

長々と墓前に佇《たたず》む夏月に、可不可が心配そうな声をかけた。運京のすぐそばとはいえ、街道を外れた丘の中腹だ。盗賊に襲われたらひとたまりもないから、可不可としては気が気でないのだろう。草を食《は》ませていた馬を馬車に繋《つな》ぎなおし、早く乗るようにと夏月をせきたてている。

「いま行くから、少し待ちなさい」

従者に呆《あき》れた声をあげて身を翻した夏月に、背後から洪長官の声がかかる。

「夏月嬢は……結婚相手を紹介するより、実入りのいい仕事が欲しいと言っていたな。員外女官の期限が終わったら、もう少し俸禄《ほうろく》を見直すから、写本府の女官を正式に引き受けてみないか？」

「は？」

驚いてふりむく夏月に、洪緑水は企《たくら》みを秘めた笑みを浮かべていたのだった。

終章

地上の喧噪《けんそう》から遠く離れた地の底では、しんしんと凍てつくように冷たく、静謐《せいひつ》な空気が流れていた。

「お帰りなさいませ、泰山府君《たいざんふくん》」

冥府《めいふ》の御殿に戻った神を、一足先に戻っていた紅騎《こうき》が出迎える。大きな瓦屋根《かわら》を持ち、巨大な朱柱に支えられた御殿の頭上には極光が揺らめいているとはいえ、冥府は常闇の世界だ。白い長衣をなびかせて泰山府君が門をくぐると、その白がより眩しく、底なしの闇がより昏《くら》く、互いを際立たせるのだった。

鵲《かささぎ》の白のごとく——主《あるじ》のいない冥府は、目の描かれていない龍《りゅう》の絵のように大切ななにかが欠けている。だからこそ冥府で使役される官吏たちは、いつも泰山府君の帰りを心待ちにしているのだった。

「泰山府君は、あの娘を気にかけすぎじゃないでしょうか……いえ、食べに行った鍋《なべ》は美味でしたよ？　しかし、それとこれとは違う話でしょう。もし、あの娘が泰山府君と縁があるにしても、体調がよくないのですから、人ひとり黄泉がえらせるような——体を酷使する術は控えていただきませんと」
紅騎は並んで歩きながら泰山府君の肩に毛皮の外套《がいとう》をかけ、なにくれと体を労《いたわ》ってい
る。しかし、尽くされているはずの泰山府君は面白くなさそうな顔をして、足早に廊下
を歩いていくばかりだった。
「あの代書屋のところで、なにかあったのでございますか？　もし泰山府君を不快にさ
せるような真似をあの娘がしたのでしたら、私が冥府まで連れてきて頭を下げさせてや
りますので……」
「別によい。不快にはなったが、わざわざ冥府に呼ぶようなことではない」
部下の暑苦しい忠誠を追いはらうように、泰山府君は鬱陶《うっとう》しそうに手をふる。
「泰山府君……そもそも最初に冥府に落ちてきたとき、藍夏月《らんかげつ》の天命は本当に尽きてい
なかったのですか？」
部下の問いかけに泰山府君はぴくりと片眉《かたまゆ》を上げる。問いかけはつまり、『あのとき、
本当は夏月は死ぬはずで、その死すべき運命を泰山府君が書き換えたのではないか』と
いう意味だ。もともと、神仙の間では泰山の主は生きた人間を気まぐれに宴《うたげ》に招くこと
で知られている。生者が御殿を訪れるのは、別に夏月が初めてではない。しかし、夏月
に対する扱いは、いつもの気まぐれの度を越えていると紅騎は言いたいのだろう。
「さて……」
冥府の王は返事をはぐらかすように薄く笑う。

「あの娘の天命は確かに尽きていた。しかし同時に尽きてもいなかった。つまり、どちらにも転ぶ可能性があったのだ。あの娘の天命は常に生と死の分岐点となっている……」

天命が尽きていないから、どんな危機をも乗り越えて生きのこる者というのは確かにいる。同じ場所、同じ時刻に、同じ事故に遭いながら、一方は生き延び、一方は死ぬとき、その運命の分かれ道はほんのささいなことなのだろう。

泰山府君はその天秤《てんびん》が、生に傾くのか死に傾くのかを、ただ傍観していたにすぎない。

「数奇な運命を持った娘だ」

神からしてみれば、人間の命も蟻の命も変わりない。

「天命という言葉にはふたつの意味がある……天命とは寿命であり、また、ときとして、天命とはその者が天から授けられた使命を指す」

泰山府君は人差し指をつきあげ、極光が光り輝く虚空を指さした。この場合の天とは、一柱の神である泰山府君のことではない。さらに上の神格を持つ、玉皇上帝《ぎょくこうじょうてい》——天公の意思だ。玉皇上帝は神や仙をも束ね、生きるものすべての生き様、その運命を定めている、神のなかの神と言える。

「蠱毒《こどく》の壺のようなものだ。死線をひとつ乗り越えるたびに、あの娘の天命は成りあがる……為《な》すべき使命が強い光を持って輝きだす。どこまであの娘が成りあがるのかを見極めるだけの余興だ。退屈しのぎにはちょうどいいではないか」

「なるほど……それは確かに泰山府君の暇つぶしとしてようございますが……ほら、手に障りがこんなに出て。術の使いすぎは控えるようにとあれほど申しあげたのに……お体がよくなりませんよ？」

「む……それは、だな………」

変色した手を部下に気づかれ、冥府の王は気まずそうに顔を歪《ゆが》める。

神といえども不調はあるし、冥府の裁判という仕事は陰の気にさらされる。長い間、体調が悪いところに強大な術を使えば、当然のように反動があった。泰山府君の手を摑《つか》み、巾《きん》を巻く紅騎は呆れ顔だ。冥府の裁判が滞る原因だった。

「この手では……どうやら、今後まだ代書屋を冥府に呼ぶ必要がありそうですね」

紅《あか》い上着を纏《まと》った騎士は、複雑な気持ちを吐露するように、ため息を吐いた。

書の石碑が林立する泰山府では、視線の先にいつもなにかの書が見える。酒楼の壁のように流行《はやり》の墨書をさせるために呼びだすのも悪くないなと思ったあとで、夏月を気にかけすぎるという紅騎の苦情ももっともだと泰山府君は我に返った。

傲岸不遜《ごうがんふそん》な神は自分の欲望に忠実だが、ひとりの人間を気にかけすぎるのはよくない。人の運命を司《つかさど》る神として、そのぐらいの理《ことわり》はわかっていた。

「ただほんの少し……足下で蠢《うごめ》く蟻のなかで、変わった動きをする一匹がいたから、退屈しのぎに眺めていただけのことだ」

泰山府君は自分の椅子に座ると、ゆったりと長い脚を組み、背もたれに体をあずけた。

「書に魅入られ、幽鬼に情を傾ける変わった娘——あの娘はまだ、おのれの天命を知らぬ。ともすれば揺らぎ、ともすれば命を手放してもいいというほうへ傾く天秤のような天命を……」

その揺らぎを、ほんのわずかの間、神の力で抑え、運命を変えさせる遊戯に興じていただけのことだ。神からの贈り物である簪《かんざし》を返すような不敬な振る舞いをされかけたからと言って不機嫌になる謂《い》われはない——泰山府君は自分自身にそう言い聞かせた。

「藍夏月……その天稟《てんぴん》をもっともっと磨くがいい……この私を飽きさせないように。その天稟が地を揺るがすように、な……」

常闇のなか、青白い極光の幕がきらめく冥府の底で、神はどんな思いでその言葉を呟《つぶや》いたのだろう。

——物憂げな神の呟きは、地上に生きる夏月のもとまでは届かなかった。

参考文献

『「図説」中国の神々　道教神と仙人の大図鑑』（学習研究社）
『道教の本　不老不死をめざす仙道呪術の世界』（学習研究社）
『地獄変　中国の冥界説』著：澤田瑞穂（平河出版社）
『鬼趣談義　中国幽鬼の世界』著：澤田瑞穂（平河出版社）
『大奥と後宮　愛と憎悪の世界』監修：石井美樹子（実業之日本社）
『古代中国の24時間　秦漢時代の衣食住から性愛まで』著：柿沼陽平（中央公論新社）
『中国碑林紀行』著：何平（二玄社）

本書は第8回角川文庫キャラクター小説大賞〈奨励賞〉を受賞したカクヨム作品「鵲の白きを見れば黄泉がえり～死者の手紙届けます」を改稿し、改題の上、文庫化したものです。

この物語はフィクションであり、実在の人物・団体等とは一切関係ありません。

後《こう》宮《きゅう》の宵《よい》に月《げつ》華《か》は輝《かがや》く
琥《こ》珀《はく》国《こく》墨《ぼく》夜《や》伝《でん》

紙《かみ》屋《や》ねこ

令和５年 10月25日　初版発行

発行者●山下直久

発行●株式会社KADOKAWA
〒102-8177　東京都千代田区富士見2-13-3
電話　0570-002-301（ナビダイヤル）

角川文庫 23860

印刷所●株式会社暁印刷
製本所●本間製本株式会社

表紙画●和田三造

ISBN 978-4-04-113600-3　C0193

◇◇◇

角川文庫発刊に際して

角川源義

第二次世界大戦の敗北は、軍事力の敗北であった以上に、私たちの若い文化力の敗退であった。私たちの文化が戦争に対して如何に無力であり、単なるあだ花に過ぎなかったかを、私たちは身を以て体験し痛感した。西洋近代文化の摂取にとって、明治以後八十年の歳月は決して短かすぎたとは言えない。にもかかわらず、近代文化の伝統を確立し、自由な批判と柔軟な良識に富む文化層として自らを形成することに私たちは失敗して来た。そしてこれは、各層への文化の普及滲透を任務とする出版人の責任でもあった。

一九四五年以来、私たちは再び振出しに戻り、第一歩から踏み出すことを余儀なくされた。これは大きな不幸ではあるが、反面、これまでの混沌・未熟・歪曲の中にあった我が国の文化に秩序と確たる基礎を齎らすためには絶好の機会でもある。角川書店は、このような祖国の文化的危機にあたり、微力をも顧みず再建の礎石たるべき抱負と決意とをもって出発したが、ここに創立以来の念願を果すべく角川文庫を発刊する。これまで刊行されたあらゆる全集叢書文庫類の長所と短所とを検討し、古今東西の不朽の典籍を、良心的編集のもとに、廉価に、そして書架にふさわしい美本として、多くのひとびとに提供しようとする。しかし私たちは徒らに百科全書的な知識のジレッタントを作ることを目的とせず、あくまで祖国の文化に秩序と再建への道を示し、この文庫を角川書店の栄ある事業として、今後永久に継続発展せしめ、学芸と教養との殿堂として大成せんことを期したい。多くの読書子の愛情ある忠言と支持とによって、この希望と抱負とを完遂せしめられんことを願う。

一九四九年五月三日